전설 독룡

시니어 신무협 장편소설

ORIENTAL FANTASY STORY & ADVENTURE

dream
books
드림북스

수라전설 독룡 16 수라의 표명

초판 1쇄 인쇄 2020년 2월 14일
초판 1쇄 발행 2020년 2월 28일

지은이 시니어
발행인 오영배
편집 편집부
일러스트 eunae
본문 디자인 오정인
제작 조하늬

펴낸 곳 (주)삼양출판사 · 드림북스
주소 서울시 강북구 도봉로 173
대표 전화 02-980-2112 **팩스** 02-983-0660
편집부 전화 02-987-9393 **팩스** 02-980-2115
블로그 blog.naver.com/dreambookss
출판등록 1999년 3월 11일 제9-00046호

ⓒ 시니어, 2020

ISBN 979-11-283-9782-0 (04810) / 979-11-283-9448-5 (세트)

드림북스는 (주)삼양출판사의 판타지 · 무협 문학 브랜드입니다.

수라전설 독룡
16
수라의 표명
시니어 신무협 장편소설
ORIENTAL FANTASY STORY & ADVENTURE
dream books
드림북스

목 차

第一章
반역도(反逆徒)

진자강은 이틀을 동굴에서 더 보냈다.

외부에 입은 상처는 벌써 거의 다 나았다. 근이 파열된 다리는 아직도 절룩거렸으나 움직임이 한결 좋아졌다.

육하선은 혀를 내둘렀다.

아무리 내공이 충만해도 진자강처럼 빠르게 회복되는 건 보지 못했다. 겉으로 보면 진자강은 아무 일도 없었던 사람 같았다.

그에 비해 육하선은 얼굴이 핼쑥하고 볼이 홀쭉하여 광대가 튀어나왔으며 눈까지 푹 들어갔다. 다리 하나가 통째로 뭉개지고 피를 너무 흘린 탓이었다. 스스로 운신하기까지 아직 멀었다.

진자강이 잠시 육하선을 보더니 단단한 대나무를 구해와 지팡이를 만들어 주었다.

육하선은 내내 진자강의 모습을 신기해했다.

끝이 없는 분노를 가졌는데 아직도 한편에는 따스한 마음이 남아 있다.

"어쩌면 어울리지 않는지도……."

육하선이 무심결에 내뱉은 말에 진자강이 육하선을 빤히 보았다.

육하선은 무엇을 느꼈는지 한동안 아무 말도 하지 않았다. 계속 진자강을 관찰하다가 한나절 만에 말을 던지듯 내뱉었다.

"역시 내 생각이 잘못됐었네."

진자강이 육하선의 말을 받았다.

"말했잖습니까. 당가의 후계자 같은 건 관심 없다고."

"그런 것 같군. 후계자로는 어울리지 않네."

육하선이 웃으며 말했다.

"하지만 자네 같은 사람이야말로 지금의 세상에 염왕의 자리에 가장 잘 어울리는지도 모르지."

염왕의 후계자로는 어울리지 않지만 염왕의 자리에 어울린다……. 듣기에 따라서 묘한 어감이 느껴지는 말투였다.

육하선의 눈빛을 본 진자강이 짧게 한숨을 내쉬었다.

"마음대로 생각하십시오. 나는 곧 떠날 생각입니다. 어차피 따라오실 수 있는 상태는 아니겠군요."

그때 마침 동굴 밖에서 마치 피리를 부는 것처럼 아름답게 지저귀는 새의 울음소리가 들려왔다.

삑 삐릭 삐리릭.

무심코 들으면 산속에서 흔하게 들을 수 있는 종달새의 울음이었다. 짝을 찾는지 한데 머물지 않고 여기저기 돌아다니며 울고 있었다.

한데 그 울음을 들은 육하선의 표정이 변했다. 육하선은 지팡이를 짚고 힘들게 일어나더니 기어코 동굴 밖까지 걸어 나가 새를 확인했다.

종달새가 용하게도 육하선을 보더니 동굴 근처의 나무 위에 날아와 앉았다. 몸빛은 갈빛인데 가슴에는 아롱거리는 무늬가 있고 이마에는 검은 줄이 있었다.

"흑아람(黑阿藍)이야. 여기까지 찾아왔군."

육하선의 말에 진자강은 저 새에게 의미가 있다는 걸 깨달았다.

스륵.

진자강의 손가락 사이에서 침이 튀어나왔다. 혹여나 저 새가 둘을 찾고 있다면 없애야 하지 않는가.

한데 육하선이 손을 들어 말렸다.

"그럴 필요 없네. 흑아람은 독문에서 유일무이하게 평화를 상징하는 새이니까."

평화?

진자강이 의아한 눈으로 육하선을 보았다. 육하선이 말했다.

"자네도 알아 두게. 흑아람이 울고 있으면 누군가 자네를 만나려고 찾는다는 뜻일세."

"그가 좋은 의도로 오는지 아닌지를 어떻게 압니까?"

"좋은 의도는 아닐 수 있지. 자네가 기다리던 이가 아닐 수도 있고."

진자강은 어이가 없어 물었다.

"그런데도 평화를 상징한단 말입니까? 보통은 좋은 의도로 오는 것을 평화라 말합니다만."

육하선이 폭소하며 오히려 진자강에게 되물었다.

"몰래 기습을 하지 않고 찾아오겠다며 친절하게 알려 주고 있지 않은가. 이만큼 평화로운 방법이 어디 있다고? 물론 만나서 싸우는 건 다른 문제이네만."

대단한 대답을 기대한 건 아니었지만, 진자강은 더 어이가 없어져 할 말이 없었다. 육하선의 말도 틀린 말은 아니었다. 독문의 사람들이란 의심이 많아서 서로 간에 만날 때에도 소매 안에 손을 숨기는 법이니까.

육하선이 휘파람을 불었다.

"삐이익."

종달새가 휘파람의 의미를 알아들었는지 곧 날개를 펴고 날아올랐다.

육하선이 지팡이에 의지해 다시 동굴로 돌아가며 말했다.

"곧 손님이 올 거야. 서두르지 말고 하루 정도는 더 기다려 보게."

"내가 왜 그래야 합니까."

"말했잖은가. 평화의 뜻을 가지고 자네를 찾아오는 사람이 있다고."

육하선은 초췌한 얼굴로 빙긋 웃기만 할 따름이었다.

하지만 그게 정말 평화의 뜻이 맞는 것일까.

진자강은 의심을 거둘 수가 없었다.

반나절 만이었다.

평범한 촌부 두 사람이 동굴을 찾아왔다.

한 명은 허리가 구부러진 노인이고, 다른 한 명은 얼굴이 까맣게 탄 중년인이었다. 둘 다 평범하게 생긴 얼굴에 사람

좋은 표정을 짓고 있었다.

그러나 진자강은 한눈에 그들이 육하선이 말한 이들이라는 걸 알 수 있었다. 특히나 중년인은 손에 술과 삶은 닭까지 들고 있었다.

"이런 곳에 있었군."

말투마저도 평범하기 짝이 없어서 괴리감이 느껴질 정도였다.

진자강이 동굴의 앞에 서서 그들에게 물었다.

"당신들이 손님입니까?"

"적으로 본다면 적이 될 수도, 손님 대접을 해 준다면 손님이 될 수도 있지."

"말장난을 좋아하는 편은 아닙니다."

"하면 실례했다고 해야 하나. 아직 썩 좋은 감정이 있는 것은 아니라서."

순간 노인의 눈빛에서 언뜻 살기가 스쳐 갔다.

진자강이 서서히 내공을 끌어 올리며 물었다.

"나를 압니까?"

이번엔 중년인이 대답했다.

"알지. 아주 잘."

동굴 안에서 육하선이 나왔다. 그들을 본 육하선이 한참이나 둘의 위아래를 훑어보다가 고개를 주억거렸다.

"어느 쪽인지는 모르겠지만 누군지는 예상이 되는군."

육하선이 말했다.

"직접 여기까지 온 걸 보니 꽤 급했나 보이. 오느라 수고했네. 천면범도 노관."

그 순간 중년인이 대답을 하지 않고 소리 없이 웃었다. 새까맣게 탄 촌부의 얼굴과 대비되는 새하얗고 가지런한 이가 섬뜩했다.

*   *   *

소림사 나한전.

입구에서부터 대전에 이르기까지 오백의 나한상이 좌우에 늘어서 있어서 보통 사람은 들어서기만 해도 오금을 저리는 곳이었다.

그 안쪽, 대전에 현 팔대호원의 원주들부터 전대 나한승, 금강승들까지, 소림사의 핵심 인물들이 모두 모여 있었다.

젊은 나한승이 염왕 당청의 친서를 읽었다.

"본 당가대원은…… 백기 투항한다. 이후 전적으로 소림사의 처분을 따를 것이며……."

젊은 나한승이 친서를 모두 읽고 나자 여기저기서 한마디씩을 해 댔다.

"겉으로는 세를 규합하며 뒤로는 항복하겠다는 문서를 보낼 생각을 하다니. 염왕은 염왕이로다."

"염왕이 자꾸만 시간을 끌고 있는 걸 보면, 무언가 꿍꿍이가 있음에야 분명한 터."

"그러게 정법행 시작 전에 염왕부터 쳐 죽이자는 말을 허투루 들으면 아니 되었을 것을."

반대쪽에서도 의견이 나왔다.

"이런 꼴 저런 꼴 보기 싫었으면 범몽 사제가 입적하였을 때 나한들을 투입해 사천부터 정리했어야지. 이 정도의 저항을 예상하지 못한 것도 아니지 않은가."

"염왕이 백기 투항하여 벌 수 있는 시간은 그래 봐야 한 달여. 수작을 부린다고 해도 다른 곳부터 정리하면 그만."

한동안 얘기가 나올 만큼 나온 후에, 중앙에 서 있던 꼿꼿한 자세의 승려에게로 모두의 눈이 옮겨졌다.

희능.

나이가 아흔 중반에 이르도록 한 번도 패한 적이 없는 소림사의 전설.

희능이 눈을 치켜뜨고 나지막하게 말했다.

"언제부터…… 우리 소림이 타인들의 눈치를 보았는가. 우리가 가는 길은 우리만의 길이 아니라 수천만 불제자들이 함께하는 길이다. 겁먹을 것도, 두려울 일도 없다."

질책에 가까운 날카로운 말투에 승려들이 고개를 끄덕여 수긍했다.

희능은 절복종의 수장으로, 현재에는 정법행으로 인한 비상대책위의 최고 결정권자였다.

장문인 대불 범본에게서 대부분의 권한을 이양받아 사실상 현재 소림사에서는 희능을 통하지 않고는 어떤 정책도 추진할 수 없었다.

특히나 그가 가진 가장 강력한 힘은 녹옥불장(綠玉佛杖)을 다음 대로 넘길 수 있는 권한이었다.

이 때문에 절복종과 섭수종의 교체가 이루어지며 대외정책이 전면적으로 바뀔 때에는 현 장문의 배분보다 위에 있는 이가 임시 비상대책위를 맡아야 하였다.

희능은 자신의 말을 모두가 알아들었다 생각하자, 그제야 대불 범본에게 고개를 돌렸다.

범본은 워낙 거대한 덩치라 앉아 있는데도 다른 이들이 선 것과 거의 비슷한 높이였다.

"장문 사질의 생각을 듣지."

그제야 대불 범본이 웅웅거리며 울리는 목소리로 입을 열었다.

"사백숙님들, 그리고 본인의 사형제들. 여러분의 얘기는 잘 들었습니다. 하나 정법은 광대한 홍수처럼 모든 것을 쓸어버림과 동시에 모든 것을 포용해야 합니다. 멸살은 정화의 일부이지, 최우선이 아닙니다."

희능이 답했다.

"이미 시작된 정법행은 멈출 수 없으며, 멈추어서도 아니 된다. 강호 무림은 역대 어느 때보다 혼란하고 잡요(雜 擾)하다. 이번 기회에 악의 뿌리를 걷어 내지 못하면 강호 무림은 아주 오랫동안 길고 긴 암흑기를 맞이하게 될 것이다. 정법행은 본사의 명운을 걸고서라도 반드시 실천하여야 하는 일이다."

"그것은 종파의 차이가 아니더라도 우리 모두가 같은 의견일 겁니다."

"그렇다면 우리는 이제 친서에 대한 답을 보내야 한다. 그리고 동시에 염왕의 꿍꿍이에 놀아나지 않도록 이 이상 그에게 시간을 주어서도 아니 된다. 이에 행할 의견이 있는가."

범본은 솥뚜껑 같은 두툼한 손의 손바닥을 내밀어 보였다.

"진퇴가 양난이라, 아무 의미 없는 제안에 흔들리는 것은 의미가 없습니다. 이미 친서에 대한 답을 보내야 하는 것만으로도 우리는 많은 시간을 잃었습니다."

"친서를 무시하자는 뜻인가?"

"강호의 도리상 그럴 수는 없습니다. 저는 오히려 당가 대원으로 사절을 보내 투항을 받아들임을 고려해 봅니다."

흰 송충이 같은 희능의 눈썹이 꿈틀거렸다.

다른 승려들도 불만의 눈빛을 보냈다.

범본이 말을 이었다.

"다만, 이후에는 늘 하던 대로와 같습니다."

희능은 범본을 잠시 쳐다보다가 의미를 알겠다는 표정을 지었다.

늘 하던 대로와 같다는 건, 염왕 당청을 끌고 온다는 뜻이다. 투항 이후의 처분을 소림사에 맡긴다고 하였으니, 투항의 대가로 당청을 처리하자는 제안이다.

누가 뭐래도 독문의 구심점은 염왕 당청이다. 당청이 사라진다면 독문의 결집력이 약화될 수밖에 없을 터였다.

듣고 있던 절복종 승려 중의 한 명이 혼잣말처럼 말했다.

"때마침 독문 육벌이 독룡이란 아이로 인해 큰 피해를 입었으니, 염왕의 계획이 무엇이든 차질이 올 게 분명하겠군."

그런데 누군가 그의 말에 반박했다.

"너희들의 말은…… 모두 틀렸다."

작고 힘없는 목소리였으나 모두가 그 말을 흘려듣지 않고 자세를 추슬렀다.

무각이 파리한 얼굴로 나한승의 손에 안겨 나한전으로 들어오고 있었다.

"상황이 달라졌다."

모두가 무각을 향해 반장하여 무각을 맞이했다.

희능이 물었다.

"사백의 말씀, 무슨 뜻입니까?"

무각이 대답을 하려다 쿨럭거리며 기침했다.

무각을 안고 있는 나한승이 대신 대답했다.

"조금 전, 화산파의 함근이 여남에서 돌아가다가 독살당했다는 소식이 들어왔습니다."

승려들의 얼굴이 굳었다.

희능의 얼굴 표정도 눈에 띄게 나빠졌다. 희능이 낮게 으르렁대는 듯한 목소리로 나한승에게 물었다.

"흉수가 누구냐."

"나살돈으로 추정됩니다."

"나살돈?"

"천면범도 노관이 여남에 들어왔습니다."

뭇 승려들의 얼굴이 붉어졌다. 몇몇은 화를 감추지 못했다.

"언제부터 여남이 독문 같은 잡놈들의 놀이터가 되었나!"

기침이 진정된 무각이 승려들에게 물었다.

"염왕은 정의회와 손을 잡았다. 화산파는 정의회에 가담 중이고. 한데 독문 육벌의 나살돈이 어째서 화산파의 함근을 쳤을까?"

승려들의 표정이 신중해졌다.

"정의회가 염왕을 완전히 신뢰하진 않았을 겝니다. 우리에게 어떤 내용의 서신을 보냈는지 확인하고 싶었을 것으로 보입니다."

무각이 답했다.

"그렇다. 염왕이 본사와 싸우자며 정의회의 간을 본 것처럼 정의회도 마찬가지 행동을 했다. 사천에 사람을 보냈으면서도 우리 쪽에 함근을 보내 정황을 살피려 하였다."

"정의회는 정화 대상이지요."

"나는 함근에게 그 사실을 알려 주었다. 따라서 함근이 그대로 살아 돌아갔다면 정의회는 필연적으로 염왕과 같은 배를 탈 수밖에 없었다."

무각이 떨리는 손가락을 들었다.

"그런데도 독문이 함근을 죽였다는 건 앞뒤가 맞지 않는다. 염왕은 시간을 벌고 싶어 한다. 정의회를 방패로 쓸 수 있는 기회를 날려 버릴 자가 아니다."

그런 의미에서 나살돈이 염왕의 결정과 반대되는 행동을

했다는 건 의미하는 바가 컸다.

희능이 말했다.

"독문 내에……."

희능의 말을 범본이 받았다.

"이변이 생겼군요."

승려들은 놀란 얼굴이 되었다.

그 말대로라면 무각의 말대로 상황이 매우 바뀌게 된 셈이다.

희능이 무각에게 물었다.

"사백조께서는 독문 육벌이 와해되고 있다고 보십니까."

"와해가 아니고서야 이런 일을 벌일 리가 있겠느냐. 나살돈이 염왕에게 반기를 든 것이다. 정의회와 문제를 일으킨다면 그만큼 염왕의 입지가 좁아질 테니."

"지금에 와서 반기가 의미가 있겠습니까."

그때 범본이 말했다.

"예를 들어 새로운 왕을 옹립하고자 함이라면, 그럴 수 있겠지요."

희능의 눈이 번뜩였다.

옹립!

당가를 제외한 독문 오벌이 반역을 일으키려 한다는 뜻이다.

범 자 배의 승려가 물었다.

"하면 우리가 굳이 염왕을 제거하지 않아도 독문은 스스로 자멸하는 것입니까? 우리가 아무것도 하지 않아도 말입니다."

범본이 두꺼운 손을 내밀어 보였다.

"아닐세. 나는 그 때문에라도 더더욱 사절을 보내야 한다고 보네."

희능이 말했다.

"만일 반대파가 염왕을 제거하거나 독문의 행사에서 배제시키고자 한다 해도 상황은 나아지지 않는다. 염왕의 목을 우리에게 내어놓는다 해도 문제요, 아니면 저희들끼리 단단하게 뭉친다고 해도 문제다. 어느 쪽이든 우리의 정법이 주춤해질 결과를 초래할 것이다."

"다시 한번 말씀드리자면, 정법의 목적은 악의 근원을 찾아 섬멸하는 데에 있어야 합니다. 염왕이 어떤 식으로든 관련되어 있다면 그들이 모습을 드러낼 겁니다."

"우리는 이미 여러 번 전초제근(剪草除根)에 실패하였다. 풀을 베고 뿌리를 캐내었으나 놈들은 더욱더 깊이 숨어들어 여기까지 이르렀다. 염왕을 배제하려는 움직임이 오히려 그들이 원하는 바일 수도 있다. 그런데 또다시 안이한 태도로 놈들이 나타나길 기다린다면 정법행에 무슨 의미가 있겠는가."

"하면 사숙의 생각은 어떠합니까? 답을 무엇으로 보내시려 합니까."

희능이 단호하게 답했다.

"사질의 말대로 당가의 투항은 받아들인다. 그리고 대가로 염왕을 요구하겠다. 다만 결과는 사질의 생각과는 같지 않게 될 것이다."

"독문 오벌의 움직임을 개의치 않겠다는 뜻으로 들립니다."

"그러하다. 우리는 오직 우리의 길을 간다. 더 이상의 정치적인 상황은 고려하지 않겠다."

"재고를 부탁드립니다."

"한 번 실패하였으니 조언은 받아들이되 방식에는 개입하지 않음이 절복과 섭수의 천년 약조임을 잊지 말라!"

"나무아미타불."

범본은 불호를 외며 한발 물러섰다. 희능의 뜻을 받아들일 수밖에 없었다.

희능이 무각을 쳐다보았다. 무각이 답했다.

"뜻대로."

곧 희능이 낮은 목소리로 외쳤다.

"범해! 나서라."

깡마른 노승이 불진을 들고나와 고개를 숙였다.

"사부님."

섭수종이 득세한 때문에 두각을 드러내지 못하고 살아야 했던 희능의 제자다.

희능이 명했다.

"석금강들을 데리고 당가로 가 염왕의 목을 거두어 오너라."

"알겠습니다."

"그리고 만일 염왕이 거부한다면……."

희능의 눈빛이 강렬하게 빛났다.

"당가대원을 잿더미로 만들어 버려라."

노승은 두렵거나 어려워하는 표정도 없이 무뚝뚝하게 불진을 든 채 반장하며 고개를 숙였다.

"대자대비 화도홍통, 보리살타 파절조복. 나무아미타불 관세음보살. 무량의 공덕으로 당가대원을 정화하겠나이다."

*　　　*　　　*

우적우적…….

"당가를 가져라."

"……."

"너를 지원하겠다."

삶은 닭을 뜯다 말고 진자강은 눈앞의 중년인을 쳐다보았다.

"당신도 그 일로 온 겁니까?"

중년인, 천면범도 노관이 진자강을 빤히 바라보며 답했다.

"그렇다. 그게 내가 온 이유다."

육하선이 술 한 잔을 마시며 가볍게 웃었다.

"드디어 생각이 바뀌었나, 천면범도."

노관이 대꾸했다.

"나는 후계자 따위를 말하는 게 아니다."

"그럼?"

"독룡은 당가의 여식을 아내로 맞이하고 당가의 씨를 잉태했다. 필요한 조건은 모두 갖추었지."

육하선의 미간이 찡그려졌다.

"설마……."

노관이 답했다.

"오는 길에 화산파의 함근을 제거했다."

육하선의 표정이 굳었다.

"뒤로 돌아갈 길을 없애 버렸군. 후계자로 들어가 자리를 차지하는 것과 처음부터 염왕의 자리를 노리는 건 달라. 왜 그리 무리하고 있나?"

"몰라서 묻는 건가? 우리 나살돈은 더 이상 독문 육벌에 남아 있기 어려운 만큼의 피해를 입었다. 곧 염왕은 나살돈을 해체하려 할 테고, 우리는 머잖아 단순한 도구로 이용되다가 버려질 것이다."

진자강이 물었다.

"살기 위해 왔다면 잘못 찾아온 게 아닙니까?"

"마지막까지 고민하고 기다렸다. 네가 멸마승의 손에 죽었다면 포기하고 돌아가려 하였다. 그러나 너는 결국 살아나왔지. 뿐만 아니라 인자협 불기와 범몽, 빈의관의 영현사가 함께 있는 자리에서도 살아남았다. 그 정도면 충분해."

이미 진자강은 나이만으로 후기지수의 대우를 받기엔 존재가 너무 커져 있었다. 더구나 수많은 강호와의 싸움에서 살아남아 스스로를 증명했다.

"염왕과의 싸움이 버거운 것은 사실이다. 하나 힘을 합하면 못할 일은 아니다."

하나 진자강은 노관의 말을 정면으로 부인했다.

"그런 의미로 잘못 찾아왔다 말한 게 아닙니다."

"하면?"

"천귀는 자신의 목숨과 나살돈의 안전을 거래했습니다.

그런데 당신들은 또다시 내 주위를 기웃거리는군요."

노관의 뒤쪽에 있던 노인의 눈에 살기가 어른거렸다.

"이 건방진……. 총수, 저는 인정하지 못하겠습니다. 이 자는 우리의 원수입니다. 이런 자에게 우리 식구들을 맡길 수 없습니다."

진자강이 노인을 쳐다보았다.

"누가 맡는다 하였습니까?"

"이……!"

노인의 목소리가 살짝 새된 소리로 변했다. 굽어 있던 허리가 펴지고 손에 비수가 들렸다.

순간 진자강의 표정이 달라졌다.

"그 눈빛 기억나는군요."

"뭐라고?"

목소리가 점점 더 뾰족해졌다.

진자강이 말했다.

"우리는 벌써 여러 번 마주쳤습니다. 그렇지 않습니까?"

흠칫.

노관은 적이 감탄하는 표정이 되었고 육하선은 흥미진진하게 지켜보았다.

노인이 입술을 비틀며 진자강을 조소했다.

"한번 넘겨짚어 본 것인가? 그건 우리가 너를 지켜보고 있었다는 걸 알고 하는 말이겠지."

"이상하군요. 내가 나살돈을 알게 된 건 천귀 이후입니다. 그런데 그 이전부터 당신의 눈빛을 봤던 기억이 납니다."

"헛소리하지 마라! 어떻게 이전부터 나를 보았다고……."

"남가촌에서 제갈가 무사들로부터 마을 사람들을 대피시킬 때에 한 번."

그 말에 노인은 거의 얼어붙은 듯이 입을 다물었다. 진자강이 말을 계속했다.

"차마고도의 약방 거리에서 한 번. 이후에…… 천귀가 부렸던 나병 살수들 중에 있었던 것도 기억나는군요. 그리고 무한으로 가는 배의 선원 중에도 끼어 있었던 듯합니다."

진자강이 물었다.

"아닙니까?"

노인은 손을 떨었다. 머리카락이 쭈뼛쭈뼛 서 있었다.

노관이 낮게 침음하듯 웃었다.

"흐흐흐, 정말 대단하군. 독룡…… 내 생에 이렇듯 감탄하기는 처음이다. 지나온 길을 모두 기억하고 있단 말인가."

하지만 노인은 이를 물고 비수를 쥔 손에 힘을 주며 금방이라도 진자강을 공격하려는 듯한 태세를 취했다.

노관이 아랑곳 않고 말했다.

"독룡, 이 녀석의 무례를 용서하라."

이 녀석?

노관이 말했다.

"네가 죽인 우리 식구의 가족이다. 그 정도면 이 녀석의 태도가 이해되겠지."

"누굽니까."

"영봉을 죽이려 보냈던 살수. 그가 이 녀석의 오라비다."

진자강도 기억이 났다. 제갈연을 죽이려 했던 살수는 마지막에 얼굴이 녹아내리는 독을 씹고 자결했었다.

굳이 그렇게 자결할 필요가 있었을까 생각했는데 이유가 있었던 것이다.

"기억합니다. 그때부터 이미 독문이 개입하고 있었군요. 당시 얼굴을 녹아내리게 한 것은 나병 환자임을 감추기 위해서였습니까?"

노관이 고개를 끄덕였다. 그러곤 노인에게 명령했다.

"영귀(英鬼), 시하(撕下)하라."

시하는 뜯어낸다는 뜻으로 정체를 드러낸다는 의미의 속

어다. 그러나 나살돈에게 있어 누군가의 앞에서 시하한다
는 것은 다른 의미를 내포하고 있었다.

놀란 영귀가 반발했다.

"총수!"

"영귀. 네가 천귀의 죽음을 개죽음으로 만들 셈이냐."

영귀는 이를 갈더니 곧 자신의 얼굴로 손을 가져갔다.

찌익! 인피면구가 뜯기고 그 안의 얼굴이 드러났다.

놀랍게도 그 안의 얼굴은 젊은 여자였다. 십 대 후반에서
이십 대 초반로 보였는데 생각보다도 더 앳되고 아리따운
얼굴이었다. 한데 나살돈의 살수들이 그러하듯 영귀도 나
병 때문에 코가 문드러져 없었다.

코가 제대로 붙어 있었다면 굉장한 미모를 자랑했을 터
였다.

영귀의 정체에 육하선도 제법 놀랐다.

"조금만 가꾸면 예쁘겠는걸?"

영귀가 어금니를 빠득 깨물었다.

"놀리지…… 마십시오."

노관이 진자강에게 말했다.

"영귀를 주겠다. 영귀는 수하로서 너를 섬길 것이다."

"시하한다는 게 그런 의미였군요."

나살돈에게 있어 얼굴을 드러냈다는 건 상대를 인정하거

나 주인으로 섬긴다는 뜻이다.

"가족의 원수를 갚겠다는 사람을 수하로 부리라니, 내키지 않습니다. 매우 불편할 듯합니다만."

"흐흐. 수하로 두지 않으면 앞으로 더욱 불편해질 텐데?"

하지만 진자강은 냉정하게 대답했다.

"이미 몇 차례나 내게 들켰지 않습니까. 오늘 정체를 알았으니 다음번에는 살려 두지 않을 겁니다."

영귀가 빠득 이를 갈았다. 눈에서 더욱 불꽃이 튀었다.

노관이 고개를 끄덕이며 말했다.

"혹시나 오해하는 것 같아 말해 두지. 영귀는 내 뒤를 이을 나살돈의 후계자이며 현재 나살돈에서 가장 뛰어난 실력자다."

후계자를 수하로서 넘긴다.

그것은 노관이 죽고 나면 나살돈 전체를 진자강에게 넘긴다는 것과 다를 바가 없는 파격적인 제안이었다.

하나 이번에도 진자강은 바로 거절했다.

"수하든 종이든 필요 없습니다. 게다가 실력도 못 미덥습니다."

"그럴까?"

노관이 말했다.

"영귀는 지금껏 너를 감시하기 위해 여섯 차례에 걸쳐 파견되었다. 그중에서 발견된 것은 세 차례뿐이다. 물론 그 것만으로도 놀라운 일이지만."

이번엔 진자강의 눈썹이 움찔했다. 완벽하게 간파했다 생각했는데 더 있었다니.

그러나 생각해 보면 이런 상태에서 수하로 받아들인다는 게 더 어이없는 얘기였다.

진자강이 황당해하며 되물었다.

"아니, 그럼 더 위험한 것 아닙니까?"

노관이 대답했다.

"이것은 거래다. 거래는 늘 위험이 클수록 대가가 높지. 그 정도는 감당할 수 있으리라 보는데."

진자강이 노관을 가만히 쳐다보았다. 그게 무슨 개소리 냐는 투의 표정이었다.

노관이 한쪽 입꼬리를 들어 살짝 미소 지었다.

"우리 쪽 조건을 들으면 생각이 달라질걸."

진자강이 노관을 불렀다.

"천면범도."

"말하거라."

"당신들은 독문과 약문의 혈사에 얼마나 관여하였습니 까."

"상당히. 드러나지 않은 음지에서의 활약은 대부분 우리가 했다고 보면 될 거다. 운남에도 몇 명의 살수를 파견한 적이 있다."

진자강의 눈에 힘이 들어갔다.

"나는 원수와 손을 잡지 않습니다."

"그래서 더욱 내 얘기를 들어야 할 거다."

노관이 옆으로 손을 내밀었다.

"영귀. 비수를 내놓아라."

노관은 영귀에게 비수를 받아 자신의 앞에 놓았다. 그러더니 손잡이를 진자강 쪽에 놓고 말했다.

"내 얘기를 듣고 나면 나를 죽여라."

"총수!"

영귀의 외침에도 노관은 아랑곳 않고 진자강을 빤히 보았다.

"나는 독룡의 원수다. 그리고 이것은 응당한 복수의 절차이다. 내가 죽더라도 나살돈은 복수하지 않는다. 알겠느냐, 영귀."

눈동자가 조금도 흔들리지 않고 있었다.

진자강은 수락하지 않을 수 없었다. 앞에 놓인 비수를 끌어당겨 잡기 편하게 두고 대답했다.

"좋습니다. 얼마나 좋은 조건인지 들어 보겠습니다."

노관이 먼저 말을 내뱉었다.

"내가 제안할 조건은 단 하나다. 나살돈의 힘을 얻는 대신, 나살돈의 사업을 이어받을 것."

노관이 눈짓으로 영귀를 가리켰다.

"나살돈을 이어받는 건 영귀다. 네가 받아야 할 건 나살돈의 사업이다."

진자강은 잠시 생각했다. 그러나 그것이 얼마나 대단한 조건인지 알 수가 없었다.

"내가 그런 조건을 받을 것 같습니까?"

"나는 받을 거라고 본다."

"또 말장난입니까?"

"말장난이 아니다."

노관은 진지했다.

"나살돈은 대마풍에 걸려 사람들로부터 외면당한 이들을 모아 보살피고 있다."

"알고 있습니다. 그리고 그들을 살수로 키우는 것도."

"그중에서 자질이 뛰어난 아이들을 선별하여 살수로 키우고 있는 건 사실이다. 하나 그들로 인해 나머지 식구들이 먹고산다는 것도 알고 있느냐?"

"그걸 내가 알아야 합니까?"

"알아야 하지. 만일 섬의 일천 식구들이 재정적 지원 없이 자립할 수 있는 기반이 생긴다면, 더 이상 살수를 차출하지 않아도 될 테니까."

진자강의 입가에 살기가 서서히 맺히며 손이 비수의 손잡이를 잡아 갔다.

"내 동정심을 자극한다고 해서 과거의 악행이 용서받을 줄 알았다면 오산입니다."

"용서해 달라고 하지 않았다. 독문은 살기 위해 약문을 쳤고, 우리 나살돈도 살기 위해 사람을 죽였다. 그뿐이다."

"그런데도 내게 나살돈의 사람들을 돌봐 달라는 겁니까?"

노관은 조금도 비굴하지 않은 태도로 말했다.

"나는 지금 병에 걸려 쫓겨난 자들이 아니라, 살수 단체인 나살돈이 죽을 자리를 찾고 있다 말하는 거다. 네 원수로서의 나살돈은 모든 여력을 당문과의 싸움에 쏟아붓고 없어질 것이다."

당가와의 싸움에서 살아남는 자가 거의 없을 테니 말이다.

물론 거기에는 '진자강이 섬의 식구들을 맡게 된다면', 이라는 전제가 붙어 있었다.

"그러면 제이…… 제삼의 나살돈은 더 이상 나오지 않는다. 네 복수는 그보다 더 좋을 수 없을 만큼 깔끔하게 끝나는 거다."

진자강은 비수를 들어 쥐었다.

"어디가 거래고 어디가 깔끔하다는 겁니까. 남의 어깨에 부담을 한 짐 얹고 가면서. 그럴 거면 차라리 정중하게 부탁을 하십시오."

노관이 잠시 생각하더니 고개를 끄덕였다.

"그렇군. 거래가 아니라 부탁이 옳겠어."

노관은 앉은 채로 천천히 허리를 숙였다.

동시에 진자강은 빛살처럼 움직여 노관의 뒷덜미를 찍었다.

팍!

피가 튀었다. 그러나 그건 영귀의 손바닥에서 튄 피였다. 진자강이 찍은 비수는 영귀의 손바닥을 관통하고 멈췄다.

노관은 조금도 움직이지 않았다.

허리를 숙인 채 말했다.

"부탁한다."

진자강은 비수에서 손을 뗐다.

노관의 마음이 진심이라는 걸 알았다.

갈등이 되지 않는 건 아니었다.

아무리 노관이 진심이라 해도 진자강은 또다시 그만큼의 무게를 짊어져야 한다.

하지만 이것은 은원을 남기지 않는 복수……

젖먹이 하나까지 모두 죽여 후환을 남기지 않을 필요가 없는 이상적인 복수였다. 진자강이 최종적으로 추구해야 할 복수이기도 했다.

아귀왕.

무각이 진자강의 말을 빌려 붙인 이름.

아귀왕은 굶주린 사람에게 아귀의 시체를 먹여 또 다른 아귀를 만들어 내고, 그 아귀가 사람을 먹어 또 다른 아귀를 만든다.

노관의 부탁은 그 끔찍한 순환의 고리 중 하나를 끊을 수 있는 기회였다. 진자강이 받아들인다면 또 다른 아귀들의 탄생을 막아 낼 수 있는 것이다.

하여 진자강도 이번만큼은 거절하기 어려웠다.

그때 영귀가 소리쳤다.

"총수! 나는 인정할 수 없습니다. 어떻게 이런 자에게 섬의 식구들을 맡긴단 말입니까!"

진자강은 거의 결단을 내렸다.

하여 입을 열었다.

"한 가지. 이것이 거래가 아니라 부탁이라면, 아직 해결하지 못한 원한을 정리해야 할 겁니다."

노관은 허리를 펴고 고개를 들었다.

"무엇인가?"

진자강이 영귀를 쳐다보았다.

노관도 진자강의 뜻을 알아차렸다.

"영귀. 어떻게 하면 좋겠느냐."

영귀가 비수가 박힌 손을 가져가며 이를 갈았다.

"저자를 죽일 수 있는 세 번의 기회를 주십시오!"

"독룡?"

"받겠습니다."

영귀가 얼굴에 손을 대었다. 손을 내렸을 때, 영귀는 도톰한 코를 가진 평범한 여염집 소저의 얼굴이 되어 있었다.

"세 번! 언제 어느 때고 세 번 너를 습격하겠다. 거기에서 살아남는다면 너를 인정하고 섬기겠다."

진자강이 수긍했다.

"기다리겠습니다."

노관이 영귀를 보냈다.

"가 봐라."

영귀는 몸을 돌려 동굴을 나가다가 고개를 돌려 진자강을 쳐다보았다. 그때에는 어느샌가 여염집 소저가 아니라 평범한 청년의 얼굴로 바뀌어 있었다.

얼굴을 바꾼 영귀가 진자강에게 각오하라는 듯 살기를 던지곤 떠났다.

하나 노관은 일어서지 않았다. 노관은 잠깐 허리를 숙였다가 들었는데, 중년인이 아닌 젊은 청년의 얼굴로 바뀌어 있었다.

"이제 기다리지."

노관이 느긋하게 동굴 벽에 기대고 눈까지 감았다.

그 순간 진자강은 깨달았다.

아직 올 사람이 남았다.

진자강이 육하선을 돌아보았다.

"어디까지 끌어들였습니까."

육하선이 조용히 미소지었다.

"눈치챘나?"

"손님이 더 올 모양이군요."

"맞네."

"나살돈은 천주가 끌어들인 겁니까?"

"나살돈은 염왕에 의해 해체되기 직전이었고, 어차피 이대로라면 도구처럼 쓰이고 버려질 위기였지. 절실한 상황이었네. 내가 나살돈을 끌어들였지."

"그리고 또."

"매광공부."

"역시 그랬군요."

"매광공부는 물론이고 낭중령의와도 어느 정도 얘기가

오가던 차였네. 본래는 낭중령의가 가장 먼저 가세할 예정이었으나, 또다시 배신한다는 것에 마음에 걸렸는지 다소 저어하였지."

잠시 생각하던 진자강이 노관에게 물었다.

"나살돈은 왜 지금껏 자립하지 못했습니까?"

노관이 눈을 감고 말했다.

"독문 육벌은 당가대원을 수장 가문으로 하여 서로 간에 거의 대등한 발언권을 가지고 있었다. 하나 독문 육벌을 실질적으로 움직이는 건 발언권의 대가로 내놓아야 하는 돈이었지. 그 금액이 부담스러울 만큼 상당해서, 만일 맡은 일을 실패하면 배상액 때문에 문파가 휘청거렸다."

진자강은 찜찜한 기분이 들었다.

돈. 결국에는 또 이익과 관련된 돈이었다.

"재력을 따지자면 나머지 독문 오벌을 모두 합쳐도 당가를 따라갈 수 없다. 그럼에도 부담해야 하는 금액은 육분지 일로 같았지. 나머지 독문 오벌은 수장 가문인 당가에서 책정하는 금액에 따라 성패에 따른 손배금을 내놓아야 했다. 무슨 의미인지 알겠나?"

"염왕이 적절히 손배금을 조절하면서 독문 오벌을 지배했다는 뜻이군요."

"바로 그렇다."

돈은 이익을 바탕으로 한 새로운 통제력이었다.

소름이 끼칠 정도로…… 강호를 오염시킨 그들의 행태와 닮았다.

대체 아귀왕의 근원은 어디인가.

한데 사실, 진자강은 예전부터 의심하고 있는 바가 있었다.

해월 진인은 평생 아귀왕을 찾아다녔으나 정체를 알아내지 못했다고 하였다.

그렇다면 어디에 그들의 근거지가 있을까. 세력권에 따라 영향력을 가진 구주육천을 기준으로 생각해 보았던 것이다.

해월 진인은 장강검문을 통해 장강 유역을 장악했다. 그런데도 찾지 못했다면 우선 장강 유역을 제외해 본다.

다음은 산동. 산동에는 여의선랑 단령경이 있다. 수상한 단체의 움직임이 있었다면 단령경이 알아챘을 터였다. 하여 산동도 제외한다.

북방의 북천은 강호에서의 영향력을 상실하여 중원에 들어오는 자체가 어려웠으므로 제외.

서장 현교는 무림총연맹의 힘과 사천 무림에 억눌려 강호를 넘보지 못하였으므로 제외.

남은 건 사천 무림, 그리고 무림총연맹뿐이다.

사천 무림은 강호 무림 중에서도 유독 독립적이었다. 해월 진인의 힘이 채 닿지 않았다. 아무래도 조사에 한계가 있었을 터였다.

의심스럽다.

특히나 당가의 염왕이.

염왕은 너무 드러나 있어서 그가 아귀왕이라고 생각하긴 어렵다. 적어도 아귀왕과 결탁하였을 가능성은 컸다.

또 하나 무림총연맹.

해월 진인은 무림총연맹의 주인이었으나 실질적으로 무림총연맹을 완전히 장악하지는 못했다고 토로했다. 아귀왕의 방식, 이득과 이권으로 겨우 통제할 수 있었다고 말했다.

등잔 밑이 어둡다. 무림총연맹에 아귀왕이 있을 가능성을 결코 배제할 수 없었다.

그러나 지금으로서는 진자강이 무림총연맹에 손을 쓰긴 어렵다.

지금 당장은 의심 가는 둘 중에 하나, 당청을 쳐야 확인해 볼 수 있다는 뜻이다.

하지만 진자강은 아직 육하선의 제안을 받아들인 건 아니었다. 당가를, 당청을 치는 것은 쉬운 일이 아니다. 좀 더 신중해져야 했다.

진자강과 육하선, 노관이 말없이 생각에 잠긴 지 한 시진 가량.

그리고, 얼마 지나지 않아 매광공부의 우두머리가 진자강을 찾아왔다.

매광공부의 우두머리는 키가 작고 어깨는 남들의 한 배 반이나 벌어진 특이한 외형의 노인이었다. 그러나 몸집보다 특이한 건 노인의 귀였다. 큰 귀가 앞으로 모아져 있는 장님이었다.

"내가 매광공부의 갱장(坑長) 탑탁연(耷卓然)이다."

탑탁연이란 말 자체가 남들보다 크고 뛰어난 귀를 가지고 있다는 뜻이었다.

탑탁연은 눈을 뜨고 있으나 퇴화된 듯 눈동자는 허옇기만 했다. 그러나 귀가 쫑긋거리며 진자강이 있는 방향을 잘도 찾아내 말하고 있었다.

"나살돈을 받아들였다지? 하나 나는 천면범도와는 다르다. 약문의 사태에도 거의 끼어들지 않았어. 그러니 주종의 관계도 싫고 쓸데없이 목숨을 걸기도 싫다."

육하선이 지적했다.

"염왕에게 반기를 들었을 때부터 목숨은 없는 것으로 생각해야 하지 않았을까?"

"닥쳐라, 홍화선자. 내 패거리들을 무모하게 사지로 몰아넣을 수는 없다."

탑탁연이 뺨을 씰룩이더니 웃지도 않고 말했다.

"급하게 모은 어중이떠중이로 당가를 칠 바보 같은 생각이라면 지금 이 자리에서 빠지겠다."

"그럼 뭐 하러 여기까지 왔지?"

"말했지. 무모하게는 안 한다고. 우리는 빈의관을 막겠다. 그리고 독룡에 대한 지지를 표명하겠다. 그것만으로도 염왕에게는 압박이 될 것이다."

육하선이 꽤 실망스러운 표정을 지었다. 물론 탑탁연은 육하선의 표정을 볼 수는 없었다.

"고작 그 말을 하러 온 건가? 그건 내가 원하는 바도 아니고 독룡이 원하는 바와도 다른 것 같은데? 그 정도로 염왕이 압박을 받을지 모르겠군."

第二章

매우(梅雨)

　탑탁연이 오히려 육하선에게 되물었다.

　"그러지 않고 염왕을 쓰러뜨릴 수 있을 것 같은가?"

　"빈의관을 막는 것도, 지지 표명을 하는 것도 대단한 일이지. 하지만 염왕과 싸울 사람도 필요해."

　"당가의 저력은 우리의 생각보다 깊고도 깊다. 오벌이 모두 힘을 합치고 독룡이 날고 기어도 정면으로 당가를 치는 건 자살행위야. 당가대원의 직계와 방계, 그리고 가신 가문 전체까지 수천을 적으로 돌려야 한다."

　그건 진자강의 생각도 같았다. 당청을 치고 싶어도 이제껏 하지 못했던 것은 힘이 부족해서였다.

"그러면?"

"다른 방법을 찾아냈다."

육하선과 노관이 모두 탑탁연을 주목했다.

탑탁연이 진자강 쪽으로 고개를 돌렸다가 다시 육하선 쪽을 보며 말했다.

"독문 육벌 중의 셋 이상이 동의하면 회의를 소집할 수 있다. 그리고 그 자리에서 낸 긴급 의견에 대해 과반 이상이 동의하면 안건이 상정된다. 잊은 건 아니겠지?"

육하선이 웃었다.

"설마, 그 안건으로 염왕에게 자결이라도 하라고 할 생각은 아니겠지?"

"왜 아니겠나."

육하선의 표정이 굳었다.

"이봐, 이봐. 지금이 농담할 때인가?"

"낭중령의는 망했고 빈의관은 내가 막는다고 했다. 당가를 제외하면 나살돈과 환락천, 우리 매광공부가 안건을 통과시킬 수 있다."

탑탁연은 한 자 한 자 단호하게 말을 내뱉었다.

"안건의 내용은, 염왕의 축출. 사유는 거듭된 실패로 인한 독문의 피해!"

육하선과 노관의 눈이 크게 떠졌다.

상황이 나쁘지 않다. 지금이라면 당청을 축출하는 일이 불가능한 건 아니다.

독문 육벌은 겉으로 연합체의 성격을 띠고 있었다. 당청이 그간은 자금력으로 자신의 뜻을 관철해 왔다 해도 독문 육벌 과반수가 가결한 안건을 무시할 수는 없다.

"하지만…… 염왕이 자신을 축출하는 안건에 순순히 동의할 리 없을 텐데."

탑탁연이 말을 이었다.

"안건의 가결은 중요하다. 하지만 그건 어디까지나 명분이다. 후순위로 봐. 가장 최우선적으로 중요한 건 말이지……."

탑탁연이 잠깐 말을 멈췄다가 다시 말했다.

"염왕을 당가대원 밖까지 홀로 불러낼 수 있다는 것이다."

육하선은 하마터면 박수를 칠 뻔했다.

"그렇지! 더구나 안건에 반대하여 반발한다면 제압할 명분도 우리 쪽에 있겠군."

노관은 신중했다.

"하지만 여전히 당가대원의 앞마당이다. 우리 힘만으로 죽일 수 있을까?"

"그때가 유일하게 염왕이 혼자일 때다. 다른 때에는 이번 같은 기회조차 없지."

탑탁연의 말이 옳다. 당청은 독문 오벌을 자신의 입맛에 맞춰 바꾸고 있었다. 다음엔 눈앞의 얼굴들이 바뀌어 있을지도 모른다. 지금이 이 얼굴들과 함께 거사를 도모해 볼 수 있는 마지막 기회나 마찬가지다.

　"좋아, 이후에는?"

　"염왕을 치는 데 성공한 후 안건을 가결시키면 명분까지도 우리 쪽에 있게 된다. 그 뒤에 나머지 후계자 싸움은 순전히 독룡의 손에 달려 있다."

　육하선과 노관이 진자강을 보았다.

　"독룡이라면 후계자 싸움에서 승산이 있을 것이야."

　육하선은 잠시 생각하다가 고개를 끄덕였다.

　"충분해. 해 볼 만해."

　"문제는……."

　탑탁연이 말을 끌었다.

　"염왕이 그 생각을 안 하고 있을까 하는 것이다. 염왕이라면 이미 대비하였을 가능성이 높다. 그러니까 이것은 속도의 문제. 누가 먼저 움직이느냐의 싸움."

　탑탁연과 육하선이 진자강 쪽을 보았다.

　진자강도 이제 상황을 이해했다.

　시간이 없었다.

　염왕 당청이 바라던 여름 장마는 다가오고, 소림사의 정법행은 코앞에 있었다.

정의회는 금강천검을 맹주로 추대해 무림맹을 집어삼키려 하고 있으며, 해월 진인은 함정을 파고 대량의 몰살을 통해 강호를 원래대로 돌리려 하고 있었다.

때를 놓치면 아무것도 하지 못하고 최악의 상황을 맞이하게 될 것이다.

선택은 진자강에게 달려 있었다.

모두의 눈이 진자강을 향했다.

더 이상 미룰 수 없었다.

진자강은 결정했다.

"가겠습니다. 당가대원으로."

육하선이 주먹을 힘껏 쥐었다.

"좋아."

노관과 탑탁연도 고개를 끄덕이며 흡족함을 표시했다.

"이제 결행하는 일만 남았군."

드디어 작은 동굴에서 반역 모의가 시작되었다.

회의 소집을 통고하고 최종 기일을 잡아 독문 육벌의 수장들이 모이는 데 걸리는 시간은 통상 사십 일.

그러나 곧 장마가 찾아온다. 무슨 일인가가 벌어지기 전에 최대한 시간을 앞당겨야 했다.

때문에 소집일이 정해진 후 최대 삼십일 안으로 거사일이 정해졌다.

회의 소집을 빌미로 염왕 당청을 불러내고 그 자리에서 당청을 친다!

이후에 진자강은 나살돈과 환락천, 매광공부 세 문파의 비호를 받으며 당당하게 당가대원에 입성하는 것이 계획이었다.

독문 육벌 중에 삼벌의 지지를 받는다면 당가에서도 진자강을 쉽게 내칠 수 없을 터였다. 그 뒷일은 오로지 진자강에게 달려 있었다.

이제 남은 건 날짜에 맞추어 사천으로 돌아가는 것뿐.

그러나…….

툭. 투투툭.

돌연 동굴 밖에서 달갑지 않은 소리가 들려오기 시작했다.

"비다."

귀가 밝은 탑탁연이 동굴 밖으로 나갔다.

육하선이 말했다.

"소낙비겠지."

"잠깐."

탑탁연이 육하선의 말을 무시하고 수하를 불러 일렀다.

"혹시 근처에 매화나무가 있으면 바닥에서 열매를 주워 오너라."

따 오는 게 아니라 주워 오라고 했다.

매광공부의 무사가 주변을 뒤져 매실 한 줌을 주워 왔다. 탑탁연이 매실을 만져 보고 냄새를 맡더니 이마를 찌푸렸다.

"썩은 게 없고 떨어진 지 얼마 되지 않았으며 잘 익은 향이 난다. 이것은 신풍(信風)에 떨어진 매실이다."

신풍은 동북풍을 달리 이르는 말이다.

노관이 물었다.

"신풍에 무슨 의미가 있지?"

탑탁연이 대답했다.

"북쪽의 황하와 남쪽의 장강. 이른바 강회(江淮) 지역에서는 신풍에 내리는 비를 매우라고 부른다……."

진자강은 돌연 머리가 번쩍 깨는 기분이 들었다.

강회 지역!

둘 다 강이 범람하면 홍수가 크게 이는 곳이다.

"설마……."

"설마가 아니다."

탑탁연이 돌아서지도 않고 하늘 쪽으로 고개를 올리고 말했다.

"장마가 시작됐다."

육하선과 노관의 얼굴에 그늘이 졌다.

"너무 일러."

"하늘이 돕지 않는군."

장마가 시작되면 물살이 거세지고 강이 범람한다. 사천까지 뱃길을 이용하기가 거의 불가능해진다.

"수위가 높아지면 뱃길이 막힌다. 본격적인 장마가 오기 전에 서두르는 게 좋겠어."

세 사람은 일정과 계획을 다시 한번 정리한 후 길을 떠났다. 염왕의 의심을 막기 위해 따로 움직이기로 했다.

육하선은 매광공부 무사들의 도움을 받았다.

떠나기 전 육하선이 당부했다.

"조심해. 염왕은 조심성이 많고 치밀한 자다. 사천까지 가는 길에 무슨 일이 벌어질지 알 수 없어."

"알겠습니다."

*   *   *

진자강은 진정하려 했지만 흥분이 가라앉지 않았다.

염왕 당청을 친다.

독문의 수장이며 직접적인 약문의 원수.

이번에 당청을 축출하는 데 성공한다면 마침내 복수의 일단락을 지을 수 있게 된다.

아직 마음에 거리낌이 없는 건 아니다.

당청은 당하란의 조부. 누가 뭐래도 혈족 관계인 당청을 죽이는 걸 반기지는 못할 터였다.

하나 해야만 한다.

그것이 진자강을 지금 이 자리에까지 오게 한 원동력이다.

그 뒤에 진정한 원수일지도 모르는 아귀왕을 만나기 위해서라도, 반드시 성공해야 했다.

그러나 당장은 사천으로 돌아가…… 당하란을 만날 수 있다는 사실로 더 기대가 되고 있었다.

*　　　*　　　*

탑탁연의 말이 시발점이 된 것처럼 비가 그치지 않았다.

어느샌가 빗줄기가 굵은 장대비로 변해 쏟아졌다.

순식간에 강물이 불어났다.

쏴아아아아!

나루터에서 무한까지 가는 배를 기다리던 진자강은 안 좋은 소식을 듣고 말았다.

"위험해서 배가 못 뜹니다."

배를 기다리던 승객들이 모두 욕을 하며 아우성을 쳤다. 그러나 당장에 눈앞에서 나룻배들이 나뭇잎처럼 팔랑거리며 뒤집힐 듯 흔들리는 걸 보고는 언감생심 타겠다고 우기진 않았다.

진자강은 표정이 굳었다.

경신법을 쓰지 못하는 진자강은 오로지 걸어서 가야 했다.

사천까지는 오천 리가 넘는다. 빨리 걸어도 보름은 족히 걸리는 거리였다. 그러나 산을 넘고 범람하는 강을 건널 것까지 생각하면 배의 시간이 걸릴 터였다.

일단은 무한까지 가서 큰 배를 잡아타야 했다.

"서둘러야겠군."

진자강은 바로 도롱이를 눌러쓰고 길을 재촉했다.

청성파를 통해 아미파에까지 전갈을 보내 두었다.

진자강은 이미 인은 사태의 세 가지 질문에 대한 답을 낸 적이 있었다.

그리고 그 대가로 아미파는 진자강에게 힘이 되어 주기로 하였다.

인은 사태가 진자강에게 한 약조를 잊지 않았다면, 아미파는 당청을 치는 데에 가장 큰 힘이 될 터였다.

*　　*　　*

비는 한 번도 그치지 않고 계속해서 내렸다.

쿠르릉, 가뜩이나 찌푸린 날씨가 더욱 어두워지며 빗줄기를 뿌려 댔다.

진자강은 거리를 단축하기 위해 산길을 택했으나 그것이 실수였다는 걸 뒤늦게 깨달았다.

비가 생각보다 훨씬 더 거셌다.

산 위에서 콸콸 흘러내리는 흙탕물로 인해 길이 막히기 일쑤였고 땅은 미끄러웠다.

여차하면 죽죽 발이 미끄러졌다. 미끄러져서 흘러내리는 물에 쓸리면 아래로 떠밀려 내려가기까지 했다. 한번 길을 잃으면 다시 찾는 것도 쉬운 일이 아니다.

"이런……."

진자강은 난감해졌다.

경공이 부족하니 험난한 길에서 경공을 쓰지도 못했다. 하루 동안 겨우 이백 리도 가지 못했다.

잠이 별로 없으니 날씨만 멀쩡하면 낮이고 밤이고 걸을

수 있을 텐데, 밤에는 길이 너무 위험하고 비와 수풀 때문에 멀리까지 보이지도 않아 움직이기 힘들었다.

그러나 이대로 시간을 지체할 수는 없었다. 평지의 관도를 이용하면 좋겠지만 길을 빙 둘러 가야 하니 시간이 걸리긴 마찬가지였다. 아무리 그래도 산을 가로지르는 편이 가장 시간이 단축되었다.

진자강은 궁리 끝에 탈혼사를 이용하기로 했다. 산을 오를 때에는 절겸도에 탈혼사를 걸어 힘껏 위로 던졌다. 나무에 절겸도가 박히면 미끄러지지 않도록 탈혼사를 잡고 올랐다.

반대로 아래로 내려갈 땐 나무에 탈혼사를 감고 아예 미끄럼을 타며 내려갔다. 탈혼사의 길이가 다 되면 내공을 불어넣어 나무를 잘라 탈혼사를 회수했다. 그러면 갑작스레 벼랑으로 떨어질 일도 없고, 한없이 미끄러질 일도 없었다.

발이 자주 미끄러지고 넘어져서 온몸이 엉망이 되었다. 살이 긁히고 찍히는 건 다반사였다. 대신에 이동 속도는 굉장히 빨라졌다. 산을 내려갈 땐 달리는 것보다도 더 빨랐다.

진자강은 움직일 수 있을 땐 무조건 움직였다. 익숙해지고 나선 밤에도 비를 맞으며 산을 탔다.

다만, 온 신경을 탈혼사와 발밑 지형에 집중하고 있는 바람에 굉장히 위험에 노출되어 있었다.

원하는 대로 모든 걸 다 해낼 순 없다. 진자강은 위험을 감수하고 시간을 앞당기는 쪽을 택했다.

그렇게 서두른 덕에 무한에 도착한 건 겨우 칠 주야밖에 지나지 않은 후였다. 생각 이상으로 빠르게 도착한 셈이었다.

무한은 큰 도시라 어느 정도의 폭우와 범람에도 움직일 수 있는 대형선들이 있다.

그러나 진자강이 도착했을 때에는 강의 수위가 너무 높아져 그 배들조차 뜰 수 없는 지경이 되어 있었다.

배에 물건을 싣고 가야 할 상인들의 투덜거림이 사방에서 들려왔다.

"비가 너무 많이 오는걸."

"한 달은 꼼짝없이 묶이겠어."

"마찻길은 어때?"

"글렀어. 땅이 질퍽해서 바퀴가 다 빠져. 어제 출발한 친구들도 다 되돌아왔다고."

"저 위쪽은 벌써 물이 범람해서 마을 하나가 잠겼다고 하던데?"

"큰일이군. 치수고 뭐고 완전히 엉망이야. 올해는 유독 장마가 너무 빨리 시작된 것 같아."

배도 마차도 이용할 수 없다. 말도 이런 때에는 쉽게 지쳐서 생각보다 멀리까지 갈 수 없다.

아무래도 생각한 일정보다 더 늦게 사천에 도착하게 될 것 같았다.

진자강이 방법을 찾지 못해 난감해하고 있는데, 갑작스레 등줄기가 찌릿거렸다.

'음?'

보이지도 않는 멀리에서부터 굉장한 고수가 오고 있었다. 아니, 고수들이다. 기세를 숨기지 않고 있어서 비가 한창 오고 있는데도 그들의 존재감이 똑똑히 느껴졌다.

얼마 지나지 않아 그들의 모습이 보였다.

촤아아아!

쏟아지는 비를 모조리 튕겨 내고 있는지 몸에 뿌옇게 물안개가 감겨 있었다. 빠른 걸음으로 다가오고 있는 물안개의 덩어리가 열여덟 개였다.

'열여덟!'

멀리서부터 기세가 느껴지는 수준의 고수들이 무려 열여덟 명이나?

그제야 상인들도 고수들의 존재를 알아챘다.

"뭐지……?"

상인들은 물론이고 진자강 역시도 그들이 일으키는 물안개 때문에 지척까지 와서야 정체를 확인할 수 있었다.

소림사의 승려들이었다. 그러나 일전에 금강승들처럼 거대한 덩치를 가진 이들은 아니었다. 다소 마르고 체격도 평범했다. 눈빛도 위압적이지 않았다. 나이도 이십 대부터 오십 대, 육십 대까지 천차만별이었다.

하지만 감지되는 무공 수준은 금강승에 비해 조금도 떨어지지 않았다. 몇몇은 그 이상으로까지도 느껴졌다.

상인들은 소림사 승려들을 보고 경외감을 표하며 합장했다. 승려들도 마주 반장하여 인사했다.

그중 꼿꼿하고 마른 노승이 나와 출항을 관리하는 장한에게 가 물었다.

"지금 뜰 수 있는 배가 있는가."

"없습니다. 그제 이후로 배가 한 척도 뜨지 못하고 있습니다요."

노승이 돌아서서 상인들을 비롯한 선장, 선주들을 둘러보며 다시 물었다.

"나무아미타불, 노납은 소림에서 온 범해라 하외다. 이 중에 사천까지 가는 배를 가진 시주가 있소이까? 보수는 충분히 지불할 것이외다."

사람들이 고개를 가로저었다. 설사 배를 가지고 있다 해
도 이런 날씨에 배를 띄웠다간 난파될 게 뻔한지라 내어 줄
수가 없다. 아니, 돈을 받고 내어 준다 해도 운행을 해야 하
는 선원들은 타지 않으려 할 게 뻔했다.

"어쩔 수 없군."

범해라 스스로를 밝힌 노승이 뒤의 승려들을 향해 말했
다.

"이대로 이동하도록 한다."

뒤쪽의 승려들이 알아들었다는 의미로 목례하며 반장했
다.

범해가 먼저 앞장서서 길을 가려다가 문득 걸음을 멈추
었다.

그러더니 천천히 고개를 돌렸다.

진자강은 볏짚으로 엮어 만든 도롱이를 머리부터 몸까지
덮어쓰고 있었다. 얼굴도 다 가려져 있다. 그러나 볏짚의
틈 사이로 범해와 눈이 마주쳤다.

범해의 눈동자는 맑디맑아서 투명하기까지 했다.

거대한 바윗덩어리.

그게 범해가 내뿜고 있는 존재감이었다.

파짓, 파짓.

범해의 존재감이 진자강의 존재감을 무너뜨리고 경계를

침범했다. 진자강이 의도하지 않았는데도 진자강의 기세가 불어나 범해의 기세에 대항했다.

우르르르, 바윗덩어리가 굴러오니 진자강의 몸에서도 여러 개의 돌들이 굴러 나와 앞을 가로막는다.

뒤늦게 기세를 숨기려고 해도 숨길 수가 없었다. 어쩔 수 없이 진자강은 자신의 존재를 드러내고 말았다.

저벅.

순간 범해가 몸을 돌려 그대로 진자강에게 다가왔다.

진자강은 피할 수 없다는 걸 알았다. 범해가 진자강의 앞까지 와 그를 내려다보았다. 진자강도 물러서지 않고 범해를 마주했다.

심상치 않은 분위기를 느꼈는지 나머지 열일곱 명의 승려들이 동시에 진자강을 응시하고, 주변 상인들이 술렁거렸다.

범해가 진자강의 눈을 한참이나 보더니 소매에 손을 넣었다. 거기서 꺼낸 건 반 뼘 정도의 작은 죽편(竹片)이었다.

한데 돌연 그 죽편을 진자강에게 건넸다.

"젊은 시주의 눈에 번뇌가 가득해 보이는군. 매일 아침 눈을 뜨자마자 독송(讀誦)하면 마음이 편해질 것이야."

진자강은 죽편의 안쪽을 보았다. 깨알 같은 글씨가 쓰여 있었다.

불경이다.

진자강은 혹시 그 안에 어떤 의미가 담겨 있는가 싶어 빠르게 내용을 읽었다.

그러나 숨겨진 비밀 같은 건 없었다. 불자들이 아침에 외는 평범한 조조송주(早朝誦呪)였다.

무슨 뜻으로 불경을 주었는지 이해하기가 어려운 와중에 범해가 선문답 같은 말을 덧붙였다.

"때로는 모든 것을 버리고 살각(殺脚)하여야 할 때가 있지. 그러지 않으면 아미타불께로 가는 길은 요원하여지느니."

살각한다는 건 발걸음을 멈춘다는 뜻으로 쓰는 관용어다.

그러니까 이것은 진자강에게 하는 경고에 가깝다. 더 이상 자신들의 일을 방해하지 말고 이 자리에 멈춰서 불경이나 독송하며 기다리고 있어라, 하는 정도의 의미로 받아들일 수 있다.

그러나 드러난 말 그대로를 받아들이기엔 어딘가 마음에 걸린다. 아무래도 다른 의미가 담겨 있는 듯했다. 진자강은 승려가 아닌데 아미타불에게로 갈 이유가 없지 않겠는가.

"……."

범해는 고민하는 진자강을 잠깐 지켜보더니 곧 몸을 돌렸다.

이대로 범해를 보내면 안 된다.

소림사는 아직 진자강이 당청을 칠 거라는 걸 모른다. 그러니 조금이라도 일이 잘못되는 경우를 막기 위해선 범해와 무승들이 사천으로 가는 의도를 알아내야만 했다.

그러려면 진자강도 어느 정도 자신의 의도를 드러낼 수밖에 없다. 하지만 소림사가 그것을 알았을 때 어떻게 행동할지 예상할 수가 없는 상황이다.

그것도 이 많은 사람들이 지켜보는 앞에서.

도박이었다.

진자강은, 등을 돌린 범해에게 한 마디를 던졌다.

"서장."

멈칫.

범해의 걸음이 멈추었다.

진자강의 생각이 맞았다.

"북천."

두 번째 단어에 범해가 굳은 표정으로 고개까지 돌려 진자강을 쳐다보았다. 눈빛이 아까와 다르다. 호기심과 동시에 무언가 생각이 복잡해진 눈빛이다.

진자강은 마지막 한 마디를 던졌다.

"아귀왕!"

그제야 범천의 굳은 표정이 살짝 누그러지며 진자강의

말을 이해했다는 표정을 지었다.

범해는 생각할 것도 없다는 듯 답했다.

"내가 부처가 될 적에 그 나라에 지옥과 아귀와 축생의 삼악도(三惡道)가 있다면 나는 차라리 부처가 되지 아니하겠도다. 설아득불 국유지옥 아귀 축생자 불취정각(設我得佛 國有地獄 餓鬼 畜生者 不取正覺). 나무아미타불 관세음보살."

범해의 말에 열일곱 명의 다른 승려들이 모두 반장하며 함께 불호를 외웠다.

"나무아미타불 관세음보살."

지켜보던 상인들도 얼떨떨하여 함께 합장을 하며 불호를 읊었다.

범해는 한 번 더 진자강을 쳐다보고는 지체 없이 걸음을 돌려 길을 갔다.

진자강은 소림사 승려들의 뒷모습을 지켜보고 있다가 범해가 주고 간 죽편 불경에 쓰인 몇 구절을 읽어 보았다.

"나무대불정 여래밀인 수증요의제보……."

하지만 송주를 외니 편해지긴커녕 마음이 더 복잡해졌다.

쏴아아아.

쏟아지는 비가 도롱이로 스며들어 진자강의 얼굴을 타고 줄줄 흘러내렸다.

      *   *   *

진자강은 근처 반점에서 가볍게 국수로 끼니를 때웠다.
진자강이 만든 것보다 맛은 없었지만, 장마 때문에 오도 가
도 못 하는 사람들로 반점은 북적거렸다.

그때 진자강의 앞에 앳된 외모의 소년이 와 앉았다.

열대여섯 정도로 보이는 소년이 진자강을 똑바로 바라보
았다.

진자강은 소년의 눈빛을 보고 소년이 누구인지 알았다.

소년으로 변장한 영귀가 앳된 목소리로 말했다.

"사천에서 소집에 응하겠다는 소식이 왔어."

당청이 평소보다 열흘이나 빨리 앞당긴 소집에 응한 것
이다.

진자강의 미간이 살짝 찌푸려졌다.

원래는 반겨야 하는 일이었지만 범해를 만난 지금에는
상황이 썩 좋다는 생각이 들지 않았다.

소년의 모습을 한 영귀가 생각에 잠긴 진자강을 보더니
한심하다는 듯 물었다.

"그런데 뭐 하고 있는 거지?"

"뭐가 말입니까?"

"이제 한 달밖에 남지 않았는데, 여기서 뭐 하는 거냔 말

이야."

"배가 끊겼습니다."

"말 높이지 마. 사람들이 이상하게 생각하잖아."

"그래."

"그러니까 여기서 왜 이러고 있냐고. 처음에 지켜봤는데 산에서도 허둥대고 있었잖아."

영귀는 아무 생각 없이 툭 말을 내뱉었다.

"설마 경공을 못 하는 건 아니겠지."

진자강이 인상을 썼다. 그런데 그것이 오히려 긍정의 의미를 드러내고 말았다.

영귀의 얼굴이 일그러졌다.

"그…… 그게 무슨……."

영귀는 상상도 하지 못한 얼굴이었다.

그럴 만도 하다.

나살돈의 전력 삼 할 이상을 잡아먹고 천귀까지 죽인 고수가 경공을 못한다는 생각을 어떻게 할 수 있겠는가.

"장난하지 마. 일부러 지체하고 있는 거 아냐?"

"아니."

영귀는 정말로 당황해하고 있었다.

"당신이 늦으면 나머지가 어떻게 되는지는 알고 있는 거지?"

진자강은 평소에 거의 실수가 없다. 그러나 이런 상황에서는 어쩔 수가 없었다.

"알고 있다."

"그런데…… 이러고 있어? 경공이 안 되면 진작 말했어야지."

"최선의 방법을 찾는 중이야."

영귀는 사람들의 시선 때문에 답답했는지 먼저 일어섰다.

"따라와."

영귀가 진자강을 데리고 간 곳은 허름한 뒷골목, 다 무너져 가는 폐가였다.

쏴아아아.

세차게 쏟아지는 비가 기와지붕에 부딪히고 낙숫물이 바닥에 떨어지는 소리가 시끄럽게 났다.

진자강이 폐가의 문간에 들어서기 무섭게 영귀가 돌아섰다. 영귀는 이미 앳된 소년이 아니라 다소 살집이 있는 펑퍼짐한 얼굴의 중년 미부가 되어 있었다.

영귀가 다짜고짜 진자강을 다그치기 시작했다.

"최선의 방법을 찾고 있다고? 배는 모두 취소됐고 말과 마차도 하루 이삼백 리를 가기 힘들어. 그런데 경공도 없이 어떻게 사천 성도까지 이동하려는 거지? 말해 봐."

진자강은 영귀의 질문에 대답하지 않았다. 대신 자신이
본 바를 말했다.

"소림사의 무승들이 사천으로 가고 있습니다. 좀 전에
부두에서 그들을 보았습니다."

"뭐? 사천으로?"

영귀가 크게 놀랐다.

염왕 당청을 축출하기 위한 거사를 눈앞에 두고 있었다.
그런데 소림사가 갑자기 끼어든다면 생각지도 못한 변수가
생겨 버린다.

만약 소림사가 적대적인 입장으로 사천을 찾아가는 거라
면 당청도 그에 대비할 것이다. 회의 소집을 취소할 수도
있고 경계심이 높아져서 호위나 무장을 배로 늘릴 수도 있
다. 당가대원 밖으로 나오지 않을지도 몰랐다.

또한 오히려 친서를 받아들여 우호적인 입장으로 찾아가
는 것이라면 더더욱 문제가 되었다. 우호적으로 당가의 항
복을 받아들인 상태에서 독문이 반란을 일으키면 소림사까
지도 적으로 돌려야 할 수 있었다.

어느 쪽이든 거사를 준비하는 독문 삼벌에게는 결코 이
익이 되지 않는 상황이었다.

"총수께 알려서 소집을 더 앞당겨야 해!"

"기다리십시오."

영귀가 화를 냈다.

"이게 얼마나 화급한 일인데 그렇게 느긋한 거야. 소림
사가 도착하기 전에 일을 마치지 못하면 거사가 실패할 수
도 있어!"

"그중 한 명의 법명은 범해였습니다."

영귀의 눈이 크게 떠졌다.

"범해라면 절복종의 수장인 불패승의 제자야. 당가를 공
격하기로 결정한 거라고!"

영귀의 표정이 밝아졌다.

"잘만 하면 우리가 반사 이익을 볼 수도 있겠는걸."

하지만 진자강은 단호하게 답했다.

"그들이 마음대로 하게 두면 안 됩니다."

"어째서?"

진자강은 범해가 한 말을 그대로 전해 주었다.

　때로는 모든 것을 버리고 살각(殺脚)하여야 할 때
가 있지. 그러지 않으면 아미타불께로 가는 길은 요
원하여지느니.

영귀는 눈치가 빨랐다. 그 말을 금세 알아들었다.

"당신에게 끼어들지 말라고 경고했군. 하지만 그렇다고 우리가 범해 대사의 말을 따라야 할 이유도 없지."

"내게 한 말이 아닙니다."

"그럼?"

진자강이 어리둥절해하는 영귀에게 말했다.

"범해 대사는 자신의 입장을 내게 설명한 겁니다. 아미타불은 정화된 땅, 극락정토에 계신 부처입니다. 따라서 아미타불에게 가는 길은 정법행을 의미합니다."

"그럼 그 뒷말은……."

"발목을 붙들어 정법행을 지체시키는 모든 것들을 버린다. 살각, 그러니까 말 그대로 자신의 다리를 잘라서라도 주변을 떨쳐 내고 정법행을 진행해 나가겠다는 걸 의미한다고 볼 수 있습니다."

진자강이 잠시 입을 다물었다가 말했다.

"즉, 소림사는 모든 정치적 상황과 관계를 고려하지 않고 사천에서 자신들의 할 일을 하게 될 겁니다."

영귀는 진자강의 말을 여전히 이해하지 못하였다.

"고려해야 할 상황이라는 게……."

"염왕은 크게 세 가지의 역할을 가지고 있었습니다. 서장 마교와 북천 사파의 방비, 그리고 무림총연맹에 대한 견제."

"알겠어. 염왕이 쓰러지게 되면 그 역할이 일거에 사라지게 된다는 거겠지."

"그렇습니다."

"하지만 단순히 살각한다는 말만으로 소림사가 주변 상황과 관계를 고려하지 않겠다고 추측한 건 지나치지 않을까?"

"범해 대사에게 직접 물었습니다. 당가를 친 후, 뒷일은 어떻게 감당하겠느냐고."

진자강은 범해에게 세 가지를 물었다.

첫째, 당가를 친 후 서장 마교의 침입은 어떻게 막을 것이냐.

둘째, 북천 사파는 어떻게 견제할 것이냐.

셋째, 아귀왕은 어떻게 잡을 것이냐.

특히나 세 번째는 더더욱 중요했다. 당가는 일명 '아귀왕'이라 불리는 흑막에 대한 단서를 가지고 있을 가능성이 높았다. 지금 상황에서 당가를 지워 버리면 단서가 사라지게 되고 만다.

이것은 예전에 인은 사태가 진자강에게 물었던 것이기도 했다. 비록 인은 사태가 던진 세 번째의 질문은 아귀왕이 아니라 무림총연맹이었으나 의미는 별반 다르지 않았다.

무림총연맹은 아귀왕이 만들어 낸 부산물로, 극한의 '이익'이라는 제도를 통해 유지되고 있었다.

인은 사태가 말하고자 한 건 결국 '이익'으로 대변되는 제도의 파격이었으므로, 따져 보면 무림총연맹과 아귀왕은 같은 부류나 마찬가지였다.

하지만 범해는 이번에도 진자강의 물음을 무시하고 자신이 하고 싶은 대답을 했다.

내 성불하지 못한다 해도 지옥과 아귀와 축생의 삼악도는 반드시 멸하고야 말겠다!

지옥도는 염왕과 당가를, 아귀도는 아귀왕과 아귀왕을 추종하는 자들을 뜻한다.

축생도는 보통 파렴치한 자들이 떨어지는 세계로, 소림사의 입장에서 파렴치한 자들이란 정법행을 방해하는 자들을 뜻할 터였다.

따라서 승려로서의 본분을 포기하더라도 삼악도만큼은 지우겠다는 건 이번 사천행에 범해의 의지가 얼마나 강력한지를 드러내는 것이었다.

하나 공격 대상은 정해져 있되, 그 어디에도 당가를 친 이후의 대책은 담겨 있지 않았다.

오로지 정법행.

앞을 가로막는 자는 깨부수고, 다른 것은 고려하지 않는다. 만일 뒤에 또다시 가로막는 자가 생겨나면 그 또한 때려죽이고 지나갈 뿐인 것이다.

복잡한 정세든 이리저리 얽힌 관계든 모조리 힘으로 돌파하겠다는, 그야말로 소림사다운 태도였다.

진자강이 말했다.

"소림사가 지나간 뒤의 후폭풍은 결국 그곳에 남겨져 살아갈 자들의 몫입니다."

영귀는 진자강의 표정에서 상황을 읽었다. 진자강이 자세히 설명하지 않았어도 알 수 있었다.

"그렇다면 당신 말이 맞아. 염왕을 치는 건 매우 어려운 일이지. 소림사가 그 정도로 자신 있게 나섰다면 분명히 성공할 확신을 갖고 있을 거야. 하지만 당가의 자리를 대신해야 할 우리 입장에서는 당가가 지워지고 난 이후의 후폭풍을 감당할 수 없어."

"그렇습니다."

그 때문에 인은 사태가 당가와 싸우려는 진자강에게 당가의 세 가지 역할에 대한 질문을 던졌던 게 아닌가!

그리고 진자강은 이미 그에 대한 답을 냈다.

내가 하겠습니다.

라고.

그것을 위해 염왕 당청을 죽이기로 약조하였고, 아미파
는 때가 되면 그 일을 돕기로 했다.

염왕 당청을 죽이고 당가를 장악하는 일.

당하란을 마음에 두게 되고, 당하란이 임신하여 당가의
씨앗을 잉태했을 때부터…… 그건 어느 정도 정해진 수순
이었는지도 몰랐다.

사람이 아닌 제도를 부숴 없애는 것만이 진자강 본인과
아내 당하란, 그리고 아이의 미래를 보장받을 수 있는 유일
한 귀결이었던 것이다.

그러니 이제 와서 소림사가 막 지으려는 밥에 재를 뿌리
고 깽판을 놓게 내버려 둘 수는 없었다.

무각 대사에게 말한 것이 바로 진자강의 진심이었다.

이번 일이 끝나도 이곳에서 계속 살아가야 하기에, 소림사
가…… 그리고 아귀왕이 모든 걸 파괴하게 둘 수 없다는 것.

영귀가 혼잣말처럼 말했다.

"하지만 의외인걸."

"뭐가 말입니까."

"당신이 머리가 좋다는 건 익히 알려진 사실이잖아? 이

런 상황에서라면 어부지리를 취하겠다고 잔꾀를 부릴 줄 알았어."

"어렸을 때…… 큰 대가를 치르고 배웠습니다. 정말로 내가 원하는 것은 결코 남의 손에 의해 이루어지지 않는다는 것을 말입니다."

진자강이 희미하게 웃음을 지어 보였다.

"물론 소림사가 마음대로 하지 못하게 하겠다는 것뿐, 그들의 행동을 이용하지 않겠다는 뜻은 아닙니다. 상황이 허락한다면 망설이지 않을 겁니다."

영귀는 순간 자기도 모르게 머리가 멍해지는 기분이 들었다.

"당신…… 우리가 아니었더라도 언젠가는 혼자서라도 염왕을 칠 생각이었군!"

설마, 하며 물었지만 진자강이라면 충분히 그러고도 남을 것 같았다. 염왕에게 억눌려 살았지만 대항하지 못했던 자신들과는 다르다.

영귀는 진자강을 바라보며 묘한 기분에 휩싸였다.

세간에 알려진 대로 피에 미친 살인귀라는 소문은 잘못되어도 너무 잘못되었다.

뜻이 큰 남자는 아니다. 대의를 품은 협객도 아니다.

그러나 적어도 신념이 있었다. 의지를 갖고 자신이 살아

갈 방향을 스스로 결정하고 있었다.

남이 보기에 올바른 길이 아니라 자신이 올바르다고 생각하는 길을.

죽이라는 대로 죽이고, 살아남기 위해 죽인 자신과는 달랐다.

두근.

영귀는 잠깐 딴생각을 했다가 가슴이 울려 깜짝 놀랐다. 고개를 흔들어 상념을 털어 버렸다.

진자강의 앞을 막아서다가 부나방처럼 산화한 동료들을 억지로 떠올렸다.

시작도 전부터 패배한 기분이 들면 안 된다. 우애가 좋은 남매간은 아니었지만, 자신을 돌봐 준 오라비의 복수를 하지 않고서는 물러날 수 없었다.

세 번, 단 세 번의 기회.

이후에는 주종으로서 진자강을 섬겨야 한다.

영귀는 어금니를 꾹 깨물었다. 다시 한번 살의를 피워 올렸다.

하지만 지금은 진자강을 죽일 때가 아니었다. 당장 이 일에 나살돈의 명운이 달려 있었다. 나살돈의 총수도 이미 사천으로 떠난 터라 지금 출발한다 해도 따라잡기가 쉽지 않을 터였다.

"어쨌거나 이 소식을 총수께 알려서 소집을 앞당겨야 한 다는 건 변하지 않아. 소림사의 방해를 받지 않으려면 지금 보다 빨리……."

영귀가 문득 말을 하다 말고 멈췄다.

총수에게 소집을 알리고 말고가 문제가 아니었다.

당장에 경공을 못하는 진자강이 한 달이란 시간 안에 도 착할 수 있는지도 의문이었던 것이다.

영귀가 진자강에게 물었다.

"아까 방법을 찾고 있다고 했지. 찾았어?"

"찾고 있다고 대답한 지 얼마 되지 않았습니다."

영귀는 열불이 터졌다.

"도대체 경공도 못하는 고수가 어디 있어!"

진자강은 갑자기 욕을 먹은 셈이라 뜬금이 없어 영귀를 쳐다보았다.

영귀가 씩씩거리면서 발로 바닥을 걷어찼다.

화가 나서 몸을 떨고 있으니 볼에 덧붙인 볼살이 파들파 들 떨렸다. 살집이 있는 미부로 분장한 탓이었다.

진자강은 황당해서 영귀를 쳐다보고 있다가 방심하고 있 던 차에 갑자기 웃음이 터질 뻔했다.

영귀가 진자강의 표정을 보더니 가까이 와서 진자강을 위아래로 훑었다.

고개를 움직일 때마다 도톰해진 뺨이 흔들리며 씰룩대고 있었다. 진지한 눈빛과 달리 우스꽝스러운 얼굴에 또다시 웃음이 터지려 했다.

"뭐야, 그 표정은."

"아닙니다."

"아닙니다, 가 아닌데? 지금 그거…… 웃는 거야?"

진자강이 정색했다.

"아닙니다."

영귀가 어이없어했다. 웃다가 정색하니 더 화가 났다. 화를 내자 볼살이 더 부들거리고 떨렸다.

진자강은 아예 고개를 돌려 버렸다.

쏴아아아.

비는 여전히 멈추지 않고 거세게 쏟아지고 있었다.

*　　　*　　　*

영귀는 무한에서 사천으로 갈 수 있는 모든 방법을 찾아 돌아다녔다.

그러나 진작 알고 있던 것처럼 모든 길이 다 막혀 있는 상태였다. 해상으로도 육로로도 시간 내에 갈 방법이 없었다.

이로써 시간 안에 진자강이 도착하지 못할 건 기정사실이 되고 말았다.

나살돈에 소식을 전해야 하는데 비 때문에 전서구도 띄울 수 없고, 진자강을 내버려 두고는 자신도 떠날 수가 없었다.

사면초가의 처지였다.

진자강이 골머리를 썩이고 있는 영귀에게 권했다.

"먼저 가서 총수에게 소림사의 사천행을 알리십시오."

"그럼 당신은?"

"방법은 가면서 찾겠습니다. 언제까지 무한에 머물고 있을 수는 없습니다."

여러모로 상황이 좋지 않았다.

한 자리에서 오래 발이 묶여 있었으니, 진자강의 행적이 드러났을 수도 있었다.

"이봐! 그렇게 무작정 가면 어떻게 해!"

진자강은 이미 떠날 준비를 모두 해 둔 차였다. 영귀의 대답을 기다리지 않고 바로 떠났다.

빗줄기는 가늘어질 듯하다가 다시 굵어졌다.

길은 예상대로 험난했다.

어떻게 해도 속도가 나지 않았다. 진흙이 된 땅에 발이 발목까지 푹푹 빠졌다. 곳곳에 고인 웅덩이도 속도를 늦추는 요인이었다.

진자강은 이틀 만에 영귀에게 따라잡혔다.

영귀는 오히려 진자강보다 앞에서 진자강을 기다리고 있었다.

영귀가 허술한 사당의 처마 아래에서 비를 피하고 있다가 진자강을 보고 말했다.

"지금 당신 속도라면 절대로 한 달 안에 사천에 도착할 수 없어. 나는 어제 출발했거든."

진자강도 할 말이 없었다.

영귀가 하늘을 보고 땅을 보며 긴 한숨을 내쉬더니 말했다.

"방법이 없는 건 아냐."

"방법이 있다면 따르겠습니다."

"업혀."

흠칫.

"내게 업히면 보름 안에는 사천에 도착할 수 있어."

진자강이 망설이자 영귀가 코웃음을 쳤다.

"왜, 여자에게 업히는 게 부끄러운가?"

영귀는 곧 자신의 얼굴을 손으로 가렸다가 내렸다. 평범한 청년의 얼굴이 되었다.

"이러면 여자로 보이지 않겠지."

목소리도 남자치고는 얇은 편이었으나 여자보다는 굵게
바뀌었다.

"아직도 망설여져?"

"음."

"아아, 내 몸에 닿으면 나병이 옮을까 봐?"

진자강이 영귀를 빤히 쳐다보자 영귀가 말했다.

"대부분의 사람들이 그렇게 생각해서 우리에게 돌팔매
질하고 침을 뱉으며 쫓아냈지. 당신도 그럴 거야?"

"그런 의미는 아닙니다."

"그럼 선택해. 당신의 신념을 위해서 나병에 걸릴 각오
를 하고 내게 업히거나, 아니면 신념을 배반하고 거사든 뭐
든 포기하든가."

"그렇군요. 그럼 부탁하겠습니다."

"뭐야 그거. 업히겠다는…… 거야?"

"네."

"진심으로?"

진자강이 외려 이상하다는 듯 되물었다.

"제안을 한 건 그쪽이었잖습니까."

"하지만……."

진자강이 내내 고민하던 것과는 달리 너무 수월하게 대
답한 덕에 영귀가 오히려 놀랐다.

"아니 아니, 그런데 왜 갑자기 태도가 바뀌었지? 좀 전까진 고민했잖아."

"그건…….."

진자강이 잠깐 생각하다가 대답했다.

"부인이 알게 되면 혹시 혼나려나 하는 생각이 들어서 망설였습니다."

"무, 무슨……!"

"성격이 보통이 아니어서 말입니다."

진자강의 미간이 살짝 찌푸려졌다. 정말로, 진지하게 걱정하는 것 같았다.

영귀는 얼굴이 일그러진 채로 진자강을 의심의 눈초리로 보았다.

"나병 때문에 고민한 게 아니었어?"

진자강이 영귀를 보며 답했다.

"그건 별로 걱정하지 않았습니다만."

영귀도 잠깐 잊었다. 상대는 독룡이다.

만독불침이었던 천귀조차 독으로 진자강을 해치지 못했는데 나병 따위를 걱정할 리가 없지 않은가.

영귀는 얼굴이 빨개졌다. 자기도 모르게 손으로 앞을 가리는 듯한 자세를 취했다. 살수로 살아온 내내 이런 행동은 한 적이 없었다.

진자강이 물었다.

"거북하다면 됐습니다."

영귀는 얼굴이 빨개져서 괜히 화를 냈다.

"누, 누가 거북하대? 뭐 해? 빨리 업히지 않고?"

다행히도, 시끄럽게 내리는 비가 영귀의 부끄러움을 감
춰 주고 있었다.

第三章

증오와 연정

좌아아아!

비가 쉼 없이 쏟아졌다.

불어난 강물 때문에 영귀도 더 이상 강변을 따라 달리지 못했다.

"육로로 가려면 두 곳 중 하나를 선택해야 해."

영귀에게 업힌 진자강이 물었다.

"어딥니까?"

바로 귀 옆에서 진자강의 목소리가 들려오는 터라 뻔히 알고 있으면서도 영귀는 흠칫흠칫 놀랐다.

"섬서를 통과해 사천으로 들어가거나, 중경을 넘어가거

나. 하지만 섬서에는 화산파와 종남파가 있어.”

둘 다 진자강과 독문에는 적이나 다름없는 곳이다. 진자강의 행적이 파악되는 순간 목숨을 걸고 달려들 것이 뻔했다.

반면에 중경은 아직까지 장강검문의 힘이 미치고 있어 안전한 편이라고 볼 수 있었다. 다만 험한 산을 넘어가야 하므로 이런 날씨에는 굉장한 고역을 치르게 될 터였다. 시간도 배로 걸릴 수 있었다.

“싸움의 위험을 감수하고 가느냐, 어려운 환경을 택하느냐의 문제로군요.”

목덜미에 따스한 숨이 닿아서 영귀는 또 깜짝 놀랐다.

“그, 그런 건 속으로 생각해! 결정만 내리면 되잖아!”

“알겠습니다.”

깜짝.

“결론만 말하라니까!”

“섬서로 가겠습니다.”

“뭐? 어째서?”

“…….”

영귀가 이를 갈았다.

“이, 이럴 때는 좀 말해도 돼.”

“자연은 어찌할 수 없습니다. 하지만 사람이라면…….”

“알았으니까 그만 말해. 당신이라면 그럴 줄 알았어.”

천하의 화산파와 종남파를 '사람'으로 취급하는 독룡의 배포에 영귀는 또다시 가슴이 두근거렸다. 보통 사람이라면 백이면 백, 화산파나 종남파를 상대하느니 차라리 중경으로 돌아가겠다고 했을 터였다.

영귀는 진자강을 고쳐 업고 다시 달리기 시작했다.

"이봐. 불편하진 않아?"

"불편합니다."

"좀 참아. 나도 불편하긴 마찬가지니까."

"왜 물어본 겁니까? 말도 하지 말라더니."

"……그냥."

도롱이를 걸치고 있었지만, 어차피 몸이 물에 젖는 건 피할 수 없었다. 때문에 영귀의 등에 진자강의 몸은 거의 밀착되어 있는 거나 다름이 없는 자세였다.

진자강이 말을 하거나 숨을 쉴 때마다 따스한 숨 때문에 목덜미가 간지러웠다.

하지만…… 온기가 있다는 것이 그렇게 싫지는 않았다.

*　　*　　*

졸음이 왔다.

잠을 쫓으려 해도 이상하게 눈이 감겨 왔다. 절박할 때에

늘 도움이 되었던 총명탕의 부작용도 지금은 소용이 없었다.

온몸이 녹아드는 듯 영귀의 등이 매우 따뜻하게 느껴졌다.

'독인가…….'

스스로 생각해 내고도 어이가 없는 핑계였지만, 그만큼 이상하게 마음이 안정되는 느낌을 받았다.

굳이 느낌을 설명하자면, 이가 빠진 톱니의 한 부분을 끼워 맞춘 듯한 그런 기분이랄까.

푸근했다.

참으로 기이한 일이었다.

언제든 자신의 목에 칼을 들이대려는 여인의 등에 업혀 가고 있으면서 졸음이 오다니.

앞일을 하나도 예측할 수 없는 적과 싸우러 가면서 태만하게 굴고 있다니.

궁리해야 할 것이 얼마나 많은데.

언제 적이 나타날지 모르는 상황에서, 늘 하던 대로 주변 지리를 계속해서 눈에 담고 기억해야 하는데.

아무것도 생각나지 않고 아무것도 눈에 들어오지 않았다. 잠깐 눈을 떴다가 감으면 이미 휙휙 지나 버려 전혀 다른 풍경이 되어 있었다.

버티기가 힘들었다. 늘어져서는 마냥 자 버리고 싶었다.

비에 몸이 젖어 쌀쌀한데도 맞닿은 등에서 피어오르는 온기가 난로처럼 따뜻했다. 언제부턴가는 비가 오고 있는 지도 잊어버렸을 지경이었다.

진자강은 부뚜막의 고양이처럼 꾸벅꾸벅 졸다가 마침내는 잠이 들어 버렸다.

*   *   *

영귀의 경공술은 굉장히 뛰어났다.

팟.

한 걸음에 일 장씩의 거리가 사라졌다. 흙탕물도, 미끄러운 진흙 위도 거침없이 뛰었다. 진자강을 업고 있지만 거의 무게감을 느끼지 않는 듯, 바닥에는 앞꿈치로 찍은 작은 흔적만이 남을 뿐이었다.

천귀를 비롯해 상당한 전력을 잃었지만, 남은 이들 중에 최고 실력을 가졌다는 천면범도 노관의 말이 거짓이 아니었다.

그러나 영귀의 전면은 비로 흠뻑 젖어 있었다. 빠른 속도로 달리고 있어서 내리는 비를 영귀가 몸으로 모두 맞고 있었다. 상대적으로 진자강은 거의 비를 맞지 않는 중이었던 것이다.

아침부터 두 시진은 족히 달렸다.

이제 잠시 쉬고 끼니를 때워야 할 때가 되었다.

"이봐."

영귀가 진자강을 불렀다.

"……."

진자강은 대답하지 않았다.

"이봐?"

쌔근…….

"이봐…….."

영귀는 몇 번이나 진자강을 부르다가 진자강이 잠이 든 걸 알고 어이가 없어 헛웃음이 났다.

남의 등에서 잠이 오나? 이렇게 빗속을 달리고 있는데도?

기분이 이상했다.

이것은 진자강이 자신을 무시해서도 아니고 믿어서도 아니었다.

영귀가 중얼거렸다.

"당신 몸이 불편한 건 알아. 그리고 당신은 머리가 좋으니까 노력을 안 한 것도 아니겠지. 그래도 이건 너무하잖아……."

영귀는 쉴 때가 되었지만 쉬지 못하고 계속 달렸다.

"경고하는데, 내가…… 거사 때문에 당신을 공격하지 못할 거라고 마음 놓고 있지 마. 거사가 끝난 후에라도, 그 이전에라도 언제든 당신의 목에 칼을 댈지 모르니까."

진자강이 듣고 있지도 않을 텐데 굳이 이런 말을 할 필요가 있었을까. 영귀는 이것조차 왠지 이상하다는 생각이 들었다.

하지만…….

멀쩡하게 뜨거운 피가 흐르는, 살아 있는 사람과 이렇게 오랫동안 살을 맞대고 붙어 있어 본 적이 언제였더라.

천형(天刑)이라 불리는 병을 갖고 태어나 사람들에게 매를 맞고 쫓겨 다니기만 했을 뿐, 이렇게 가까이에서 온기를 느껴 본 적이 있었던가.

이제는 병이 나아 더 이상 진행되지 않고 있음에도 사람들과 가까이할 수가 없었다. 아니, 사람들이 자신에게 가까이 오지 않았다.

그래서 영귀에게 남은 거라곤 나살돈의 식구들뿐이었다.

진자강에게 죽은 오라비도 친오라비는 아니었다. 나살돈에 와서 얻은 의남매였다.

그러나 나살돈의 식구들이 가족이나 다름없었던 것처럼 그 역시 영귀에게는 친오라비나 마찬가지였다.

울컥.

영귀는 괜히 가슴에 뜨거운 것이 치밀어 올랐다.

증오해야 할 대상에게 묘한 감정을 품고 있는 자신이 미웠고, 한편으로는 이런 상황에 있는 것도 싫었다.

지금은 그저 달릴 뿐이었다.

달리고 달려서 자신의 두근거림이 진자강에게 닿지 않기만을 바랄 뿐이었다.

*   *   *

비가 잠시 잦아들었다.

영귀는 허름한 사당을 찾아 진자강을 내려놓고 잠시 쉬었다.

진자강은 언제 깨어났는지 바닥에 내려서자 곧 주변을 돌며 땔감을 찾았다.

사당은 거지나 방문객들이 이미 여러 차례 거쳐 갔던 듯, 나무로 된 기물들이 대부분 뜯겨 있었고 바닥엔 불을 피운 흔적이 남아 있었다. 진자강도 마찬가지로 젖지 않은 판자를 뜯어다 불을 피웠다.

진자강과 영귀는 아무 말도 없었다.

왠지 분위기가 어색했다.

진자강이 먼저 입을 떼었다.

"여기가…… 어디쯤입니까?"

내내 졸았으니 어디까지 왔는지 알 턱이 없었다.

"상주."

하남에서 막 섬서로 들어선 곳이었다.

북쪽으로는 근거리에 화산파가 있고 서쪽으로는 진행 방향 중에 종남파가 있다.

"이제부터 정신 바짝 차려야 해."

진자강의 얼굴이 붉어졌다. 무슨 말인지 알아들었다. 내내 잠들어서 왔는데 모를 리가 없었다.

"알겠습니다."

"……."

또다시 말이 사라졌다.

타닥, 타닥.

습기를 머금은 장작불이 심한 연기를 내뿜으며 타올랐다.

*   *   *

당청이 집무실의 문을 열고 밖으로 나섰다.

열린 문으로 백여 명의 학사들이 머리를 숙여 인사하는 모습들이 언뜻 보였다.

당청이 집무실에 처박혀 있다가 나온 것은 무려 나흘 만이었다.

사방으로 뻗친 머리에는 기름기가 돌았고 옷은 온통 구겨져 지저분했다. 밥도 제대로 먹지 않아 볼도 살짝 팼다.

그러나 눈빛만은 전에 없이 번뜩거렸다.

"누이에게로."

당청은 음식과 수발을 들 시비들을 모두 이끌고 가주인 당귀옥의 방으로 향했다.

가주의 방에는 당귀옥뿐 아니라 한 명이 더 있었다.

허리가 구부정한 작은 노인이었다. 그런데 허리가 굽어 있는데도 등이 매우 높았다. 등에 큰 혹이 솟아 있었던 것이다.

노인은 다름 아닌 꼽추였다.

꼽추 노인이 뒷짐을 지고 지팡이를 든 채 당청을 맞이했다.

당청이 노인을 보고 귀밑까지 입이 벌어졌다.

"이— 히히히! 이히히히히!"

꼽추 노인은 놀라거나 두려워하지도 않고 무심하게 당청을 쳐다보았다.

당청이 의자에 풀썩 뛰듯이 몸을 누이며 말했다.

"왔구만."

"왔네."

뒤이어 시비들이 당청에게 몰려들었다. 일부는 손과 얼굴을 씻기고, 몇은 신발을 벗겨 발을 닦았다. 순식간에 머리를 단장하고 겉옷을 새 옷으로 바꿔 입혔다. 그리고 또 한 명은 그 와중에 당청의 입에 음식을 먹였다.

꼽추 노인은 별다른 말도 없이 계속 그 모양을 지켜보고 있었다.

당귀옥이 말했다.

"이해하세요. 이것도 나흘 만이랍니다. 만일 의선(醫仙)이 오지 아니하셨으면 여전히 나오지 않았을 거예요."

의선 안율진!

꼽추 노인이 바로 안씨 의가의 최고수이자 천하제일의 의술을 가진 의선이었다!

안율진이 무뚝뚝하게 답했다.

"그 정도는 이해해야지. 워낙 바쁜 친구니까."

당청이 육전을 씹으며 비웃었다.

"우리가 언제부터 친구였지? 요즘은 등에 칼을 꽂는 놈을 친구라고 부르던가?"

안율진은 당황도 하지 않고 대꾸했다.

"너나 나 같은 종자들은 언제든 친구가 될 수 있고, 또 하루아침에 적이 될 수도 있지."

"흥미 없어. 거래는 신용이 생명이야. 자넨 박쥐 같아서 신용이 없어."

"황궁 생활을 하다 보면 불가피한 선택이지. 어느 한순간조차 곁에 영원한 적도 아군도 없다는 걸 알게 돼. 말 한마디만 실수해도 그날 밤 거적에 둘둘 말린 송장이 되어 실려 나가게 되거든."

당청의 몸단장이 끝났다. 당청은 음식도 대충 먹는 둥 마는 둥 하다가 시비를 물렸다.

아까와 달리 깨끗한 몸 상태가 된 당청은 안율진을 쳐다보며 씩 웃었다.

그러더니 입을 열었다.

"변명이나 하려고 왔으면 개소리 말고, 꺼. 져."

안율진의 눈썹이 꿈틀거렸다. 당귀옥이 한숨을 쉬며 고개를 절레절레 내저었다.

"오라버니."

당청이 폭소를 터뜨렸다.

"이제야 좀 개운하군!"

안율진은 크게 동요하지 않고 다시 말했다.

"이미 내게 한 번 빚을 졌을 텐데."

"덕분에 약문은 잘 먹었지. 모르고 넘어갔으면 자다가 내 목이 달아났을 거야. 자네에겐 늘 감사하고 있어."

"이게 감사하는 자의 태도인가?"

당청이 작은 눈으로 안율진을 노려보며 찢어진 입으로 웃었다.

"소림사가 안씨 가문을 치기로 했다며? 똥구멍에 불이 붙으니까 화들짝 놀라서 내게 달려온 거 아냐?"

"독룡이란 아이가 네 뒤를 파고 있어. 아마 어느 정도 근접해 있을 거다."

"역시 내 손녀사위! 아무 단서도 없이 시작해서 거기까지 들어와 있구먼. 내가 말했지? 타의 추종을 불허하는 녀석이라니까?"

뒤의 말은 안율진이 아니라 당귀옥에게 하는 것이었다. 당청이 다시 고개를 안율진에게로 돌렸다.

"그게 다야? 내 마음을 되돌리기엔 좀 약한데. 사실은 말야……."

당청이 목소리를 낮추어 중요한 얘기를 하는 것처럼 안율진에게 말했다.

"나는 사위가 반역도들과 함께 내 목을 따러 오는 것까지도 알고 있어. 그리고 그들이 몇 명인지도 알고 있지. 어때, 놀랍지?"

굳은 표정의 안율진이 말을 덧붙였다.

"그럼 소림사가 이곳으로 오는 것도 알고 있겠군."

당청이 또다시 웃음을 터뜨렸다.

"당연히 알고 있지! 하지만 늦었어!"

안율진의 미간에 주름살이 모였다.

"뭐가 늦었다는 게지?"

당청이 힘주어 대답했다.

"소림사에 사위를 사절로 보냄으로써 번 시간이 보름! 이제 소림사가 사천까지 오는 데 보름! 그리고 그들이 실패했다는 소식이 소림사에 전달되기까지 또 보름! 그게 모두 한 달 반!"

당청의 입꼬리가 올라가면서 표정이 웃는 악귀처럼 일그러졌다.

나는 이미 필요한 시간을 모두 얻었다!

안율진의 표정이 비틀렸다.

설마하니 그것마저 대비가 되어 있을 줄은 몰랐다.

"그래서…… 내 손을…… 거절하겠다?"

당청은 이를 잔뜩 드러내고 동그란 눈으로 안율진을 직시하면서 말했다.

"그럴 리가 있나. 내가 받지 않으면 다른 데 가서 붙을 게 뻔한데. 그리고 살자고 내민 손을 거절할 수도 없는 법.

그건 인두겁을 쓰고 할 짓이 아니란 말이지."

당청의 말에 그때까지 기가 눌린 듯했던 안율진의 표정
이 풀리기 시작했다. 심지어는 입가에 미소까지 띠었다.

"다행이군. 자네 증손주는 운이 좋았어. 인륜을 아는 할
아버지를 만나 목숨을 건졌네."

당청의 눈이 꿈틀했다.

"그건 무슨 소리야?"

"말 그대로야. 하란이라는 손녀, 그 아이가 잉태한 당가
의 핏줄 말일세."

당청이 당귀옥을 휙 하고 돌아보았다. 당귀옥이 답했다.

"요즘 하란이의 표정이 좋지 않아 의선이 오신 김에 잠
시 보아 달라 여쭈었습니다."

"이런, 쯧."

당청의 이마가 찌푸려졌다. 괜한 짓을 해서 하마터면 약
점을 잡힐 뻔하였다는 뜻이다.

하지만 당귀옥은 고개를 저었다.

"대외의 일은 오라버니가, 그러나 어떤 상황에서도 당가
의 핏줄을 지켜 가는 건 제 몫이자 사명입니다."

"그래. 네 말이 맞구나. 그것도 중요한 일이지. 너를 탓
하지 않겠다."

안율진이 코웃음을 쳤다.

"염왕. 운이 좋은 줄 알아. 자네가 날 하루 동안 이곳에서 기다리게 한 덕에 그 아이를 볼 수 있었어. 그러지 않았으면 아이와 어미는 그대로 죽었을 게야."

"용한 의원이라면 우리 쪽에도 많아. 며칠 전까지만 해도 아무 이상이 없었다."

안율진의 눈에서 이루 설명하기 어려운 광채가 흘렀다. 작은 꼽추에 불과한 안율진이 한순간 거인처럼 존재감을 드러냈다.

"염왕. 나를 너무 무시하는군. 나를 하잘것없는 의원 나부랭이들과 비교하는 건가."

안율진의 몸에서 막대한 내공이 뿜어져 나왔다.

빠직, 빠직.

안율진이 밟고 선 바닥의 청석에 금이 갔다.

당청도 안율진의 기세에 절로 마주 기세가 일었다. 애써 정돈한 머리카락이 서고 의복이 부풀었다.

의자의 팔걸이를 잡은 손에 힘이 들어가 팔걸이가 두부처럼 뭉개지며 으깨졌다.

달그락, 달그락. 방 안의 기물들이 좌우로 흔들리며 바닥에 부딪히는 소리를 내고, 찻물이 끓어오르며 김을 피워 냈다.

당청은 이를 드러낸 채 찢어진 입으로 웃는 듯이 말했다.

"감히 내 앞에서 힘을 과시해?"

안율진도 밀리지 않았다. 안율진이 쥐고 있는 지팡이의 껍질이 뚝뚝 갈라지며 떨어지기 시작했다. 껍질이 부서진 지팡이의 안쪽에 숨겨져 있던 칼날이 드러났다.

"어디, 과시인지 아닌지 시험해 보겠는가? 아이의 아비라도 맞춰 볼까?"

"틀리면 이 자리에서 바로 죽이겠다."

"아이의 아비가 독룡이지. 그렇지?"

당청이 눈을 치켜뜨고 웃었다.

"소문으로 때려 맞혔나?"

"아이의 체내에 무지막지한 독혈(毒血)이 흐르고 있네. 그것이 산모에게도 영향을 주고 있지."

당청은 오히려 좋아했다.

"혈독? 몇 개월밖에 되지 않은 아이의 몸에 혈독이 흐른다고?"

"혈독은, 다룰 수 있을 때 혈독이라 불러야지. 지금은 그저 독이 섞인 피에 불과해. 왜 당가에 손이 귀한지 잘 알 텐데?"

독을 다루기 때문이다. 제대로 임신이 되지 않거나 불임인 경우가 허다했다. 물론 임신을 해도 출산까지 성공하는 사례가 드물었다.

"하물며 강호제일의 독인으로 떠오르고 있는 독룡의 씨야. 그 독룡의 정(精)을 잉태한 거라고. 내 장담하는데 출산할 때에 산모와 아이는 물론이고, 반경 십여 장 내에 있는 모든 자들이 죽음을 피할 수 없을 것이야."

안율진이 말을 하다가 당청을 마주 보고 똑같이 웃었다.

"의술을 베푸는 자로서 뻔히 죽음을 앞둔 산모를 모른 척하는 건 인두겁을 쓰고 할 일이 아니지. 염왕. 선물을 주마. 아이가 무사히 태어나도록 해 주겠다."

"성공할 확률은?"

안율진이 소리를 좀 더 낮게 하여 말을 이었다.

"나 안율진이야. 멀쩡하게 태어나는 건 물론이고, 내가 조금만 더 힘을 쓴다면 그 아이는 강호 역사상 최강의 독인 지체로 태어나게 될 것이야."

당청의 눈가에 작은 희열이 맺혔다가 사라졌다.

"그건 공짜가 아니겠군?"

산모와 아이를 살리는 것은 당가와 안씨 의가가 손을 잡는 대가다. 그러나 독인지체를 태어나게 하는 건 다른 문제다. 태내에 있는 아이를 돌봐야 하는 것이니 성인에게 무공을 가르치는 것과는 차원이 다른 문제일 것이다.

"한 가지, 청이 있긴 하지."

"뜸 들이지 말고 말해! 살날도 얼마 안 남은 노인네끼리 시간 아까운 줄 몰라."

하지만 안율진은 당청이 발을 동동 구르며 답답해서 머리를 쥐어뜯을 때까지 뜸을 들였다가 대답했다.

"내 손녀."

당청의 고개가 삐딱하게 기울어졌다. 안율진이 하고자 하는 말의 뜻을 알아들었다.

"이런……."

안율진이 말했다.

"독룡에게 내 손녀를 주고 싶은데."

당청이 썩은 표정으로 대답했다.

"최악의 거래로군."

안율진이 대꾸했다.

"최고의 거래지."

당청은 기세를 거두고 허리를 뒤로 젖혀 몸을 의자에 기댔다.

"그건 좀 생각해 보지. 아직 태어나지도 않는 아이 때문에 우리 사위의 몸값이 너무 후려쳐진 감이 없잖아 있어."

안율진도 내공을 거두었다.

"천천히 생각해 보게. 나도 독룡의 몸값을 후려치고 싶은 생각은 없다네. 하지만 사위에게 목을 따이기 전에는 결정해 줬으면 좋겠군."

"그러지. 그건 걱정 말고."

염왕 당청이 독룡을 주시하고 있다.

곧 독룡의 몸값은 천정부지로 오른다.

안율진은 그렇게 판단하고 투자를 결심한 것이다. 안율진이 옆 탁자의 보를 걷어서 자신의 지팡이 칼을 둘둘 감싸며 말했다.

"하면, 일 시작 전에 착수금 조로 묻고 싶은 게 있는데."

"으음? 뭐 그리 원하는 게 많아?"

"별것 아닐세. 아까 독룡과 반역도들이 자네 목을 따러 온다고 했지?"

"그랬지."

"한데 어떻게 그들이 몇 명인지까지 알 수 있는 게지? 여기저기 간자를 심어 두었는가?"

당청이 킬킬 웃었다.

"황궁에서 형체도 없는 권력의 암투에 절어 있다 보니 자네는 아주 기본적인 걸 잊고 있군. 많은 사람의 이동에는 필연적으로 따르는 게 있네. 그게 뭔지 알겠나?"

"알려 주게."

"바로 자금의 흐름이지."

당청이 검지를 세우고 말했다.

"많은 사람이 움직이면 그에 따른 자금이 흐른다. 열 명이 보름 동안을 움직여야 한다면, 보름간 써야 할 돈이 함께 움직인다. 열 명이 먹고 자고 싸고 쓰는 돈은 생각보다 아주 많아. 하물며 수십 명, 수백 명이 되면 숫자까지도 정확하게 추정이 가능하다."

"으음."

"사람을 쫓으면 어느 순간 사라진다. 하지만 돈을 쫓으면 반드시 흔적이 남는다."

안율진의 눈이 번뜩였다.

"상계(商界)를 장악했군."

돈의 흐름을 추적할 수 있는 곳이라면 상계뿐이다. 언제 상계까지 손을 넓혔는지, 그야말로 치밀하기 짝이 없었다. 감탄이 나올 지경이다.

"내가 괜히 급제한 학사들을 데리고 매일 서류나 뒤적거리는 게 아니야. 알겠나?"

당청의 미소가 짙어졌다.

"황궁에서는 황제와 고관대작의 한 마디에 수백 냥, 수천 냥이 우습게 움직이니 이 같은 일을 알 리가 없었을 게야."

안율진은 고개를 끄덕이며 포검했다.

"귀한 조언을 들었네."

"별말씀을."

안율진이 말했다.

"이제 자네 손녀와 증손주는 목숨을 건질걸세."

"자꾸만 증손주라 부르는 게 거슬리는데, 그놈의 증손주가 아들인가 딸인가?"

안율진이 씩 웃었다.

"그 정도는 작은 재미로 남겨 두지."

*　　　*　　　*

영귀와 진자강은 계속해서 길을 재촉했다.

이제는 오히려 비가 거셀 때에만 빠르게 이동하는 쪽을 택했다. 화산파와 종남파 사람들의 눈에 띄지 않기 위해서였다. 물론 그런다고 해서 얼마나 그들의 이목을 속일 수 있을지는 장담할 수 없었다.

닷새를 더 달렸다.

아직 화산파와 종남파에서는 나설 만한 낌새가 느껴지지 않았다.

그런데 영귀의 등에 업혀 있던 진자강이 갑자기 말했다.

"잠깐."

영귀가 걸음을 멈추지 않자 진자강이 다시 말했다.

"잠깐 멈추십시오."

"왜 그러는데?"

영귀가 뒤늦게 멈춰 섰다.

촤악! 갑자기 멈춘 탓에 바닥의 물이 크게 튀었다.

진자강이 등에서 내려섰다. 영귀가 그제야 진자강이 멈추라고 한 이유를 깨달았다.

"피 냄새?"

비가 심하게 내리고 있었으므로 냄새가 잘 퍼지지 않는다. 피 냄새가 난다는 건 매우 지척이란 뜻이었다.

진자강이 절룩거리며 앞으로 걸어갔다. 영귀는 아무 대비도 없이 무방비로 걸어가는 진자강을 보고 다그치려다가 입을 다물었다.

대신 내공을 끌어 올리고 조심히 진자강의 뒤를 따랐다.

머잖은 곳, 산길의 모퉁이를 돌아서자마자 피 냄새의 근원을 찾았다.

체구가 크지 않은 노인이 뒷짐을 지고 서 있었다.

그리고 그 아래에는 피를 흘리며 쓰러져 있는 몇 명의 무인들이 보였다.

진자강은 노인을 보고 포권했다.

"오랜만에 뵙습니다. 여기서 뵐 줄은 몰랐습니다."

노인이 진자강을 보더니 고개를 끄덕이곤 시체를 향해 손짓했다.

"네가 좀 치워 봐라."

"진인이 한 일을 왜 제게 미루십니까?"

노인이 욱하며 화를 내려다가 참았다.

"예나 지금이나 네 녀석은 사람 약 올리는 데에는 도가 텄구나. 보면 모르느냐. 너 때문에 한 일이잖으냐."

진자강이 노인에게 걸어가려 하자 영귀가 진자강을 말렸다.

흰 눈썹이 길게 이어진 노인이 영귀를 보고, 진자강을 다시 보더니 물었다.

"쟤는 또 뭐냐? 보아하니 내내 네놈을 업고 오던데. 꽤 친해 보이더구나?"

"친하지는 않습니다만."

"그러니까 누구냐고."

진자강은 선뜻 대답하지 못했다. 그러고 보니 영귀를 뭐라고 불러야 할지 명확하게 말할 수 없었다. 미래의 수하지만 지금은 원수이고 동료라고 해야 할까.

진자강은 영귀를 소개하는 대신, 영귀에게 노인을 알려 주었다.

"해월 진인이십니다."

해월 진인이 혀를 찼다.

"저놈은 꼭 하는 짓이, 쯧."

영귀의 눈이 휘둥그레졌다.

영귀가 포권했다.

"맹주를 뵙습니다. 나살돈의 일개 범부입니다."

"계집애가 범부는 무슨 범부냐."

해월 진인이 꾸짖었다. 영귀가 마른침을 삼켰다. 비가 심해 십 장 밖을 보기 어렵고 인피면구까지 쓰고 있는데도 어떻게 한 번에 알아본단 말인가!

진자강이 영귀의 궁금함을 읽은 것처럼 말했다.

"진인께선 원래 남의 속을 잘 봅니다."

"저저저…… 아주 남들 앞에서 남의 밑천을 다 까는구나? 허허허."

해월 진인은 어이가 없다는 듯 웃었다.

그사이 진자강은 죽은 무인들에게 가 보았다. 화산파의 무인들이다.

죽은 이들의 정체를 확인한 진자강은 시체들을 절벽 아래로 던져서 치웠다.

"그나저나 무슨 일이십니까?"

진자강이 물었다.

해월 진인이 진자강을 빤히 보며 입을 열었다.

"단도직입적으로 말하마."

해월 진인은 잠깐 말을 가렸다가 말했다.

"가지 마라."

진자강은 왜 그러냐는 투로 해월 진인을 쳐다보았다.

해월 진인이 말했다.

"가면 죽는다."

"······."

진자강은 갑자기 웃었다.

"하하!"

해월 진인이 인상을 썼다.

"웃기냐? 니가 뒈질 거라는 게 웃긴 얘기냐?"

"각오는 하고 있습니다."

"염왕이 기다리고 있다."

진자강은 여전히 미소를 머금고 있었지만 영귀는 소름이
끼쳤다.

염왕이 기다리고 있다는 건 독문 삼벌의 반역 움직임을
벌써 알고 있다는 뜻이 아닌가!

진자강은 외려 해월 진인의 말에 반문했다.

"모르면 더 이상한 일 아닙니까?"

해월 진인이 '허' 하고 짜증 섞인 탄식을 냈다.

"이놈이 기껏 알려 줬더니."

"말씀은 감사합니다. 그럼."

진자강은 인사를 하곤 바로 떠나려 하였다.

영귀가 보기엔 어이없는 일이었다. 천하의 무림맹주를
앞에 두고 그냥 본인이 갈 길을 가려 하다니!

하나 해월 진인은 길을 비켜 주지 않았다.

진자강이 다시 미소를 머금었다.

"역시 그렇군요."

해월 진인은 코웃음을 쳤다.

"지독한 놈. 네놈은 너무 똑똑해서 귀여운 맛이 하나도 없구나."

"진인이 제 앞에 나타났을 때부터 어느 정도 예상은 하고 있었습니다."

"알면 객기 부리지 말고 돌아가라."

영귀가 끼어들려 했다.

"그것은 안 됩……!"

해월 진인이 영귀를 향해 손가락을 들었다.

"너는 끼어들지 말거라."

순간 영귀를 향해 무형의 기운들이 날아왔다. 영귀는 몸이 굳었다. 해월 진인이 단지 손가락을 들었을 뿐인데 죽음의 공포가 몸을 휩쌌다. 온 사방이 어두컴컴해지고 등골이 오싹했다. 머리칼이 삐죽 섰다. 빗물이 눈으로 스며드는데도 눈을 감을 수가 없었다.

진자강이 슬쩍 반걸음을 움직여 영귀의 앞을 가로막았다. 그제야 영귀는 먹먹했던 시야가 트였다. 눈에 들어간 빗물을 닦아 내며 겨우 정신을 차렸다.

진자강이 해월 진인에게 물었다.

"절 막으실 거면 왜 굳이 화산파 사람들을 죽였습니까?"

"네가 온 걸 화산파가 알면 안 되어서."

"제가 당가와 연관되는 걸 원하지 않으십니까."

"그렇다."

"그럼 절 위해 화산파 무인들을 죽인 건 아니잖습니까."

"안 그러면 내가 널 죽일지 말지 결정해야 하기 때문이다. 그러니까 결국은 널 위한 일이 되는 게지."

아무렇지 않게 얘기하고 있었지만 영귀는 대화 중에 해월 진인이 조금씩 내뿜는 살기에도 숨이 막힐 지경이었다.

'이런 살기를 아무렇지 않게 받아 낸다고?'

진자강은 태연한 표정으로 해월 진인을 바라보고 있었다.

그러나 머릿속은 영귀가 보는 것보다도 훨씬 복잡하게 돌아가고 있었다.

진자강은 해월 진인이 나타났을 때부터 그의 의도를 파악하고 있었다.

해월 진인은 오염된 자들을 모아 한꺼번에 몰살시키려 한다.

혼란. 혼돈.

최대한 많은 자가 연관될수록 덩어리가 커지고, 그래야 해월 진인이 원하는 목표에 도달할 수 있다.

그러기 위해서는 필수적으로 선행될 일이 있었다.

최악의 적이 필요하다.

이를테면, 당가 같은!

해월 진인이 말했다.

"내가 말한 적이 있을 게다. 목에 칼이 들어와도 움직이지 않는 자존심 강한 놈들을 움직이는 두 가지 방법이 있다고."

강호 자체가 생존의 위협을 받을 때, 대의를 따라야 할 때.

그 두 가지가 아니면 전체의 무림은 움직이지 않는다.

반대로 말하면 그 두 가지로 전체의 무림을 움직일 수 있다는 뜻이다.

해월 진인이 전음과 유사한 방식의 심어(心語)로 진자강에게만 뜻을 전달했다.

「조만간 강호 무림은 모든 역량을 동원해 당가와 싸우게 될 게다. 장강검문도 소림사도, 전 무림이 정의회와 손을 잡을 테지. 오염된 것들을 포함해서.」

즉 해월 진인은 당가를 최악의 적으로 규정하여 반대파를 하나로 모을 셈이다. 그것을 위해 적인 정의회와 손을 잡는 것도 마다하지 않을 셈이다. 결국 대의는 오염된 자들을 쓸어버림으로써 강호 전체를 구하는 데에 있으니까.

하지만 그 최악의 적에 당가가 걸맞은가는 다른 문제다.

"가능하겠습니까?"

"염왕은 이미 전 무림을 상대로 싸움을 걸 준비를 하고 있다."

"염왕이 무슨 계획을 갖고 있는지 아십니까?"

"모른다."

「부족하다면 성공하도록 만들어야겠지.」

"그래서 저를 막으시려는군요."

"그래. 그러니까 네가 당가의 수장이 되면 아주 곤란해지는 게다."

만일 진자강이 당청을 죽이고 당가를 접수하게 되면 당가를 최악의 적으로 만들려던 해월 진인의 계획은 틀어지고 만다.

또한 해월 진인은 일을 벌인 후, 자신이 모든 책임을 뒤집어쓸 셈이다. 그리고 그가 벌인 일을 최종적으로 마무리해야 할 사람은 바로 진자강이다.

「나와의 약속을 잊은 것은 아니길 바란다.」

해월 진인의 목숨을 거두고 새로운 시대를 열어야 하는 사명.

그때까지는 진자강이 당가의 사람이어서는 안 된다.

"잊을 리 있겠습니까?"

"내가 널 죽이게 하지 마라."

진자강은 해월 진인을 응시했다.

"하지만 그 일을 해야 하는 것이 저 혼자만은 아니지 않습니까."

"너만 한 놈이 없으니까."

"욕심도 많으십니다."

"평생 강호를 위해 살아왔다. 한 번은 욕심 좀 내도 되지 않겠느냐."

진자강과 해월 진인의 질답을 지켜보고 있던 영귀는 어안이 다 벙벙했다.

이게 정말 가능한 일인가 믿을 수가 없었다.

백도 무림의 최고 수장인 무림맹주가 진자강의 앞에 친히 나타났고, 심지어는 둘이 서로 동등한 입장에서 얘기를 주거니 받거니 하고 있었다.

생각해 보면 해월 진인뿐만이 아니다. 염왕 당청은 진자강을 손녀사위로 삼았고, 독문 삼벌은 염왕을 대체할 인물로 진자강을 꼽았다. 게다가 멸마승 무각조차 진자강을 인정하지 않았는가!

세간에서는 진자강을 미친 살인귀로 부르지만, 실제로 진자강을 아는 이들은 그를 굉장한 거물로 보고 있었다.

거물이 보는 거물의 안목.

그 거물 중의 한 명이 말했다.

"사천에 처가 있습니다."

"안다."

진자강이 의외로 날 서지 않은 목소리로 조근조근 말했다.

"맹주. 맹주는 맹주대로 가십시오. 제게는 제 길이 있습니다. 제 길은 오로지 처와 나를 위해 만들어 가야 할 길입니다. 맹주와의 약속은 맹주께서 가시는 길과 제가 걸어가는 길이 언젠가 만날 때에 반드시 지켜질 것입니다."

두근.

진자강의 말을 들은 영귀는 또다시 가슴이 두근거렸다.

일견 무림맹주를 상대로 무모하기까지 한 발언들. 그러나 조금도 주눅 들지 않고 자신의 길을 가려는 진자강을.

해월 진인이 짜증을 내며 말했다.

"보아라. 네놈은 처가 어쩌구 하고 있지만 당장에 옆만 보아도 네놈을 향한 눈길이 예사롭지가 않구나. 그러면서 네 길을 제대로 갈 수 있을 것 같으냐?"

영귀가 깜짝 놀랐다.

설마 지금 나를 말하는 건가?

얼굴이 화끈거렸다. 묘한 감정이, 영귀를 감쌌다. 영귀는 진자강을 힐끗 쳐다보았다.

그렇게 대답을 잘 하던 진자강이 이번에는 왠지 모르게 대답을 못 하고 있었다.

해월 진인은 고개를 설레설레 내저었다.

그러더니 맥이 탁 풀린 투로 말했다.

"너란 놈은 정말 짜증 나는 놈이다. 죽이는 건 아깝고 내 버려 두자니 제멋대로라 도통 말을 들어 처먹질 않으니!"

진자강은 예의상으로라도 죄송하다는 말을 하지 않았다.

해월 진인이 뒷짐을 지었다. 그러곤 잠시 생각하다가 말했다.

"유예를 주겠다."

"말씀해 보십시오."

"만일 네놈이 염왕을 막지 못한다면, 혹은 염왕이 내 생각보다 더 숨겨 둔 힘이 크다면."

「그래서 정의회를 비롯한 장강검문과 소림사가 당가를 막지 못할 지경에 이른다면.」

해월 진인이 진자강을 빤히 보았다.

「나는 네놈의 생각보다도 강호 무림에 더 지독한 짓을 할 수밖에 없게 될 거다.」

"그때가 되더라도……."

진자강이 말을 잠깐 끊었다가 이었다.

"약속은 반드시 지키겠습니다."

해월 진인은 고개를 끄덕였다.

"좋다."

해월 진인이 슥 고개를 돌려 영귀를 쳐다보았다. 그런데 이번에는 아무런 압박도 느껴지지 않았다. 오히려 편안하게 느껴질 정도였다.

"이놈 옆에 오래 있고 싶으면 피 냄새를 지워라. 안 그러면 오래 못 산다."

영귀는 움츠러들었지만 이를 악물고 억지로 말을 내뱉었다.

"무슨…… 말씀이십니까. 저는 나병에 걸렸던 몸이고 독룡은 내 원수입니다. 내 손으로 반드시……."

본래 영귀가 하고 싶은 말은 아니었다. 본인도 왜 이런 변명을 하는지 알 수 없었다. 왠지 그래야 할 것 같았다.

하지만 해월 진인은 영귀의 말을 무시하고 몸을 돌렸다.

"그러든지 말든지."

영귀는 욱할 뻔했으나 상대가 무림맹주인지라 저절로 참아졌다.

"간다."

"가십시오."

해월 진인은 말이 끝나기가 무섭게 가볍게 발돋움을 해서 사라졌다.

진자강이 한숨처럼 긴 숨을 내쉬더니 말했다.

"빨리 움직여야겠습니다. 진인이 괜한 짓을 해서 화산파의 추적이 심해질 겁니다."

영귀는 얼굴이 달아올라서 잠시간 아무것도 하지 못하고 서 있었다. 진자강은 기다려 주었다. 그러나 그런 배려가 더 영귀를 부끄럽게 만들었다.

"어, 어서 안 업힐 거야?"

괜히 소리를 쳤으나 어쩐지 자신이 듣기에도 투정인 것처럼 들려서 더욱 부끄러워졌다.

진자강이 업히자, 영귀는 자신이 할 수 있는 최고의 속도로 경공을 발휘해 달리기 시작했다.

*　　　*　　　*

당하란은 불안해졌다.

의선에게 진맥을 받았고, 그가 걱정 말라며 아무 일 없다 했으니 별일은 없을 터였다. 하지만 배가 불러 오면서 몸이 점점 힘들어지고 체력이 급격하게 떨어졌다. 현기증도 심해졌고 혈변을 보는 일도 잦았다.

그러나 무엇보다도 당하란을 불안하게 만든 건 미안함이었다.

마음이 불편했다. 자신은 이렇게 잘 먹고 잘 자며 편히 당가대원에서 지내고 있는데 진자강은 늘 칼끝에 선 것처럼 위험 속에서 살고 있지 않겠는가.

어떻게든 진자강에게 도움이 되고 싶었다.

하여 당하란은 산책을 빌미로 자주 내원을 나왔다.

한데 당가대원 내의 분위기가 예전과 달라졌다. 어딘가
심상치 않았다.

당하란은 일부러 하루에도 몇 번씩 산책을 나왔다. 분명
히 예전보다 번잡해진 게 느껴졌다.

특히나 최근에는 처음 보거나, 혹은 낯익은 얼굴들이 뻔
질나다 싶을 정도로 당가대원을 들락이는 게 보였다.

"저 사람은 누구지? 며칠 전에도 본 것 같은데."

당하란이 시비에게 물었다. 산책을 나갈 때마다 모르는
얼굴을 보면 몇 번이고 꼬박꼬박 묻기 때문에 시비도 미리
여기저기에 물어 최대한 그들을 알아 왔다.

"영파 상인에서 온 사람이라고 하네요."

"그제 온 사람은? 의선과 함께 온 쪽 말야."

"주방에서 하는 말이, 광동 상방 쪽 사람이라고 하였어
요. 하지만 정확한 얘긴지는 모르겠어요."

"그래? 요즘 들어 상인들의 출입이 잦구나."

"죄송해요. 저희처럼 허드렛일이나 하는 미천한 것들은
그런 이유까지는 알 수가 없어서……."

"괜찮아. 네가 늘 알아봐 주어서 궁금증이 풀린단다. 고

맙다."

"아니어요."

당하란은 부른 배를 안았다. 얼굴이 찡그려졌다. 또다시
통증이 왔다.

"잠시 쉬어야겠구나."

산책을 하다 말고 작은 바위에 걸터앉았다.

그때 앞에서 지나가던 이들의 행렬이 당하란을 보고 멈
추었다. 당귀옥이었다. 당귀옥은 하인들을 시켜 수레에서
내린 후 바퀴가 달린 의자로 바꿔 앉았다.

그러곤 당하란에게 다가왔다.

"대고모님."

당하란이 일어나려 하자 당귀옥이 손을 들었다.

"그만 있거라. 몸이 안 좋으냐?"

"괜찮습니다."

하지만 당하란은 땀을 뻘뻘 흘리고 있었다.

"의선께서 네가 자주 움직이면 몸에 좋지 않을 거라고
조언하여 주시더구나. 안으로 들어가자. 어차피 할 얘기도
있고."

第四章

석금강(惜金剛)

　　당하란의 방으로 들어온 당귀옥이 물었다.

　　"요즘 밖으로 자주 나온다고?"

　　"네. 갑갑해서요."

　　당귀옥은 무슨 의미인지 안다는 듯 푸근하게 웃었다.

　　"집안이 많이 시끄럽지?"

　　당하란은 당귀옥의 표정을 살펴보았으나 전혀 알 수가 없었다. 결국 낮은 한숨을 쉬며 고개를 끄덕였다.

　　당귀옥이 시비를 모두 물린 후, 손을 들었다.

　　사악.

　　당귀옥의 머리카락과 옷소매가 잠깐 빳빳하게 일어났다

가 서서히 가라앉았다. 굳이 기세를 일부러 드러내고자 하지 않으면 오히려 안으로 침잠하는 당가의 내공심법 특유의 현상이다.

부드러운 기가 방을 가득 채웠다. 기막이 펼쳐져 방 안의 소리를 외부와 단절시켰다.

당하란은 당귀옥의 행동에서 미묘한 낌새를 눈치챘다. 굳이 할 얘기가 있다고 들어와서 기막까지 펼쳐 외부와 단절시킨 건 충분히 의심스러운 부분이었다.

"혹시나…… 의선이 무슨 말씀이라도 하신 건가요? 제게는 괜찮다고 하셨습니다만."

당귀옥이 말했다.

"아이가 독인지체로 태어날 가능성이 매우 높다는구나."

독인지체!

당하란의 눈이 크게 떠졌다. 불룩한 배에 손이 갔다.

"이 아이가……."

무공에 적합한 체질이 있듯, 독인지체는 독공에 적합한 체질이다. 태어나면서부터 이미 만독불침으로 모든 독에 내성을 지니고 있으며 골수에서 혈독을 생산해 낸다.

남들이 평생 독공을 연마하여도 이룰 수 없는 경지를 태어나면서부터 갖게 되는 것이다.

그러나…….

그것은 마냥 축복할 일만은 아니었다.

독인지체가 될 태아를 배 속에 잉태하고 있는 산모는 몸에 엄청난 부담이 생길 수밖에 없었다.

"손을 내어 보지 않으련?"

당귀옥이 손을 내밀어 당하란의 손가락을 잡았다. 검지를 잡고 손톱 뿌리 부분을 손끝으로 문질렀다.

손톱이 엷게 벗겨지며 푸르스름한 기가 드러났다.

"역시 중독되었구나."

당하란은 깜짝 놀랐다. 아무리 신경이 딴 데 가 있었어도 그렇지, 스스로 중독된 것도 모르고 있었다니!

"산모가 불안해하면 태아에게도 영향을 끼친단다. 아이가 예민해져서 독혈을 뿜어내고 있는 게다."

당하란은 표정이 굳었다.

"올여름을 기해 본가의 운명은 크게 바뀌게 된다. 그 때에 어찌 될까 두려운 것이지? 그래서 불안한 게지?"

당귀옥은 다시 당하란의 손을 잡고 쓰다듬어 주었다.

"오라버니는 네게 말하지 말라 하셨지만, 그럴 수는 없다. 산모가 건강해야 건강한 아이를 출산할 수 있지 않겠느냐."

건강한 게 문제가 아니라 그때까지 당하란이 살 수 있는지도 의문이다.

"어떻게든 살려야지요. 그이의 아이인데."

"너도 아이가 잘못되는 일은 원치 않을 줄 알았다. 네 불안감을 덜어 주마. 내게 하고픈 말이 있다면 해 보거라."

당하란은 당귀옥의 말에 심호흡을 했다.

"대고모님. 그럼 한 가지만 물을게요."

"그래."

"일전에 그이에게 전언을 보냈을 때, 왜 막지 않으셨지요?"

당하란은 진자강에게 당청이 여름 홍수를 기해 큰일을 벌이려 한다는 걸 알렸다.

당귀옥이 슬쩍 웃었다.

"너는 사위에게 할아버지의 계획을 막아 달라고 그러한 전언을 보내었느냐?"

"아니요."

달아나라고, 가능하면 몸조심하고 피하라는 마음을 담아 보내었다.

"그래서 내버려 두었다. 네 마음이 조금이라도 전해지도록."

당귀옥이 잠깐 말을 끊었다.

"하지만 안타깝게도 내버려 둔 게 내 실수가 되고 말았다. 사위는 외려 독문 육벌의 역도들과 함께 사천으로 되돌아오고 있다는구나."

"안 돼!"

당하란은 저도 모르게 자리에서 일어나려다가 배가 당겨서 고통을 느끼며 주저앉았다. 당귀옥의 말대로 아이가 예민하게 반응하고 있는 듯했다.

하지만 가만히 있을 수가 없었다.

당귀옥이 역도라고 말했다는 건 이미 반역을 눈치채고 있다는 뜻이다.

당청의 성격상 준비는 당연히 철저할 터.

진자강이 오면 당하고 만다.

"그이를…… 그이가 이곳으로 오지 않도록 해 주세요."

"그건 이미 내 손에서 할 수 있는 일이 아니란다."

"서신이라도 써 보내겠어요!"

당귀옥이 고개를 가로저었다.

"소림사의 석금강이 본가 쪽으로 오고 있단다. 가문의 모든 조직이 촉각을 곤두세우고 있어서 쥐새끼 한 마리도 허락 없이 드나들지 못하고 있어. 이런 때에 조금이라도 수상한 짓을 하면 오라버니가 용서치 않으실 게다."

"소림사의 석금강까지……."

도대체 당청은 무슨 일을 벌이고, 강호에서는 어떤 일이 벌어지고 있는 것인가. 한정적인 정보만을 접하고 있는 당하란은 답답해 죽을 지경이었다.

"당분간은, 아니 앞으로는 내내 복잡하고 혼란스러울 게다. 하지만 가문 밖의 일에 네가 할 수 있는 건 아무것도 없단다. 내가 왜 이런 얘기를 하는지 이유를 알겠지?"

당하란이 입술을 물고 고개를 끄덕였다.

"오라버니는 매우 위험한 사람이다. 가문의 사활을 걸고 외나무다리 위에서 위태위태하게 일을 벌이지. 성공하면 부흥하겠지만 실패하면 한순간에 가문이 몰락하고 만다."

당귀옥이 당하란의 손을 잡고 말을 이었다.

"하지만 사람만 있으면 언제든 가문은 재기할 수 있어. 그것이 이 내가 가문의 핏줄을 지키기 위해 총력을 다하는 이유란다. 알겠니?"

"예, 대고모님."

"앞으로 너는 밖의 일에 신경을 끊고 아이에게만 전념하거라. 나 또한 총력을 다해서, 어떠한 희생을 감수하더라도 네 아이를 지킬 것이다."

그때 밖에서 시비가 고했다.

"가주님, 선주(先主)께서 별일이 없는지 여쭤라 하셨습니다."

당귀옥이 쓸쓸하게 웃었다.

"역시 오라버니. 의심이 많으시지."

당귀옥은 곧 기막을 걷고 밖에 말했다.

"그저 규방의 시시콜콜한 얘기를 나누었다고 말씀드리거라."

이어 당귀옥이 당하란과 눈을 맞추며 고개를 끄덕였다.

*　　　*　　　*

진자강은 영귀에게 가는 길을 바꿀 것을 제안했다.

"대로를 이용하자고? 제정신이야?"

지금까지는 산길이나 좁은 소로를 이용했다. 영귀의 경공이 뛰어나 지형이 크게 문제가 되지도 않았고 추적자들을 피하기도 수월하다 생각해서였다.

"추적자를 만나면 지금 상황에서는 내가 도움이 되지 못합니다."

산길은 미끄럽고 경사가 제멋대로다. 신법을 쓰는 잠깐 동안은 몰라도 긴 싸움이 벌어지면 진자강은 제 능력을 발휘하기 힘들어질 터였다.

하지만 영귀는 진자강의 생각에 쉽게 동의하기 어려웠다. 진자강의 제안은 화산파나 종남파의 감시망에 발각되는 걸 기정사실로 한 것이었다.

"들키지 않는다면 싸울 필요도 없겠지만, 어려울 겁니다. 우리가 진인을 만난 곳이 이미 산길이었습니다."

"그런 것…… 일일이 설명하지 않아도 알아."

영귀는 즉시 대로로 진로를 바꾸었다.

팍!

감정이 실린 발돋움에 물웅덩이의 물이 크게 튀었다.

영귀는 지금까지보다 더 속도를 냈다.

"잠시 쉬어 가죠."

진자강이 말하지 않아도 이미 영귀는 쉬어야 할 때였다. 벌써 칠 일을 넘게 달려왔다. 쉬지 않고 비가 오는 데다 계속해서 신경을 곤두세우고 있어 영귀도 체력적으로 지쳐 있었다.

진자강은 불을 피우기 위해 장소를 물색했다. 때마침 대로에서 조금 벗어난 곳에 폐가가 있었다. 비를 피할 수 있는 지붕도 남아 있어서 젖은 몸을 말리기엔 딱 적당했다.

하나 진자강은 폐가 안에 들어가다 말고 멈춰 서서 바닥을 살폈다.

여러 사람이 다녀간 흔적이 있었다. 폐가의 안에는 불을 피운 흔적도 보였다.

재의 상태를 보니 그리 오래되지도 않았다.

"길어야 이삼일 됐습니다. 예닐곱 이상이 이곳을 지나갔군요."

"이곳은 안 되겠어. 다른 곳을 찾아야 해."

영귀는 입술을 달달 떨고 있었다. 진자강은 아무래도 영귀가 움직이기 어렵다고 보았다.

"이미 지나간 자리니 오히려 안전할 겁니다. 불을 쬐고 계십시오. 한 식경 정도 둘러 보고 오겠습니다."

"난 괜찮아. 이미 지나갔다면서 왜 나가려고."

"혹시나 해서 보는 겁니다."

"알았어."

진자강이 폐가를 나갔다.

영귀가 한숨을 쉬었다.

진자강은 쉴 때가 되면 늘 불을 피우고 잠깐 동안 밖을 다녀온다는 핑계로 자리를 비켜 주었다.

진자강이 이렇게 섬세하고 다정한 사람이라는 게 더 영귀를 괴롭게 했다.

영귀는 곧 옷을 벗어서 물기를 짜고 인피면구까지 벗은 후 운기조식을 행했다.

곧 몸에 열이 나며 뿌연 김이 수증기처럼 피어올랐다.

쏴아아아.

진자강은 도롱이를 고쳐 입고 폐가의 주변을 훑어보았다.

비가 너무 많이 와서 흔적이 남아 있을 리가 없었다. 영귀의 경우만 보더라도 젖은 땅을 밟아도 앞꿈치를 찍은 흔적만 겨우 남았다. 반나절만 비가 와도 지워질 정도의 가벼운 흔적이다.

그만한 고수가 이틀 전에 지나갔다면 흔적을 찾지 못하는 게 당연한 일일 터였다.

하지만 진자강은 폐가에서 다시 대로로 합류하는 방향에서 무언가를 발견하고 말았다.

타원형의 웅덩이들이 일정하게 대로까지 이어져 있었다.

진자강은 웅덩이의 물을 치워 냈다. 바닥에 깊숙하게 족적이 찍혀 있었다.

"이건……."

발자국을 숨길 필요가 없는 문파의 무인이 과시하듯 드러낸 경공의 흔적!

이런 족적에 대해서는 예전에 운정이 알려 준 바 있었다.

　소림사의 경공은 대력신정(大力神釘)이라고 해요.
　그 경공을 쓰면 못을 박듯이 발자국이 찍힌다고 해서.

진자강은 웅덩이를 전부 확인했다.

아홉 명이다.

일전에 무한에서 본 건 열여덟 명이었는데, 어째서 이곳에 소림승 아홉 명이 지나간 흔적이 있는 것인가?

'사천으로 가는 길은 섬서와 중경, 두 갈래였다. 그렇다면 도중에 나뉘어 간 걸 수도 있어.'

영귀는 섬서를 빨리 지나가기 위해 힘껏 달렸고, 반면에 소림사의 무승들은 적당한 속도로 달린 것처럼 보였다. 덕분에 소림사 무승들을 이틀의 거리까지 따라잡을 수 있었던 모양이었다.

진자강은 무승들이 간 방향을 바라보며 생각했다.

'이제 종남산이 코앞인데 소림사는 종남파를 피하지 않고 그대로 돌파하고 있군.'

이대로 따라가면 진자강과 영귀도 좀 더 수월하게 길을 갈 수 있을지도 모른다.

진자강은 만일의 상황에 대비해 충분히 쉬고 떠나야 한다고 판단했다.

지금이라면 언제 어느 때에 돌연 싸움이 벌어질지 알 수 없었다.

진자강이 한 식경을 채우고 폐가로 돌아왔을 때, 영귀는 거적을 걸친 채 모닥불 앞에 앉아서 잠들어 있었다.

진자강은 조용히 영귀의 맞은편으로 가 앉았다.

밖에선 쉼 없이 비가 떨어져 지붕을 맞고 흐르는데 안쪽은 따스했다.

진자강은 자고 있는 영귀를 쳐다보았다. 영귀는 오랜만에 본인의 맨얼굴이었는데 반만 드러낸 채 면사로 코와 입을 가리고 있었다.

영귀가 눈을 떴다.

영귀와 진자강의 눈이 마주쳤다.

모닥불이 영귀의 눈동자에 비치어 정염(情炎)처럼 타올랐다. 영귀가 입술을 달싹였다.

"나는……."

그러나 순간 영귀는 이를 악물더니 눈을 꽉 감아 버렸다.

진자강이 조용히 말했다.

"소림승들이 앞에 지나갔습니다. 체력을 완전히 회복하고 떠나죠."

영귀는 눈을 감은 채 굳은 표정으로 입을 다물었다.

묵묵한 적막이 따뜻한 폐가 안을 한참이나 감돌았다.

* * *

영귀가 걸음을 멈췄다.

바닥에 희석된 핏물이 고여 있었다.

주변을 둘러보니 사방에 피가 튀었다가 빗물에 씻긴 듯했다.

진자강이 등에서 내려 영귀와 함께 조심스레 앞으로 걸어갔다.

대로 옆으로 스무 걸음쯤을 들어간 곳에 시신들 다섯 구가 가지런히 뉘어져 흙탕물에 반쯤 잠겨 있었다. 빗물이 고이고 있어서 조금 더 지났으면 완전히 잠겨 발견하지 못할 뻔했다.

"화산파입니다."

그러나 나란히 정렬되어 있는 모양새와는 달리 시신의 신체는 각양각색으로 손상되어 있었다. 머리가 터지고 팔다리가 부러졌다. 몸 곳곳에 구멍이 나 있기도 했다.

반면에 외상 하나 없이 멀쩡한 시신도 있었다. 진자강은 멀쩡하게 죽은 시신의 눈꺼풀을 뒤집어 보았다. 시뻘겋다 못해 거무죽죽했다. 안에서 터진 피가 굳어서다.

배도 다소 부풀어 있었는데 진자강이 시신의 배를 눌러 보니 제법 단단했다.

영귀가 다가왔다. 영귀는 진자강의 옆에 무릎을 꿇고 거침없이 시신의 배를 갈랐다.

싹.

피는 흘러나오지 않았다. 대신 뱃가죽이 쩍 벌어지며 소간처럼 생긴 덩어리가 갈라진 가죽을 비집고 튀어나왔다. 피가 응혈되어 굳어진 덩어리다.

"고도의 내가중수법에 내장이 모두 터지고 녹아 버렸어."

진자강이 시신들을 둘러보며 말했다.

"도검에 의한 사지 절단, 골절, 두부 함몰……. 낯설지 않군요."

"소림사가 하루 반 전에 이곳을 지나갔어. 소림사의 길을 막은 화산파는 이 모양이 되어 버렸고."

"생각보다 종남산도 쉽게 지나갈 수 있을 것 같습니다."

"잠깐만 기다려."

영귀가 죽은 화산파 무인들의 품을 뒤졌다. 도경(道經)을 비롯해 주머니를 모두 꺼냈다.

"승려는 죽은 자의 품을 뒤지지 않지. 대개는 죽이고 빼앗아 가지만."

영귀가 주머니들을 모두 열어 확인했다. 대개는 금창약 등 여러 가지 물건이 들어 있었다.

영귀의 표정이 굳었다. 한 개의 비단 주머니에서 손톱 두 개 만한 크기의 작은 함을 꺼내면서였다.

영귀가 함을 열자 청량한 향기와 함께 범상치 않은 환단이 보였다.

"옥령단. 화산파의 영약이야. 이걸 지니고 있다는 건 최소한 당주급 이상이라는 뜻이고."

"당주급은 얼마나 강합니까."

"한 명 한 명이 금강승 정도에 해당하지."

영귀가 옥령단이 든 함 하나를 더 내밀었다.

"그런 이가 둘이나 있었는데 모두 죽었어."

영귀가 일어서며 말했다.

"이동하는 속도는 빠르지 않아. 지금 속도라면 하루 내에 우리가 소림사를 따라잡게 될 거야."

"잘됐군요."

영귀는 진자강을 빤히 보았다.

"잘됐다니. 당신이 찾아낸 바에 의하면 그 숫자는 절반인 아홉뿐이야. 그런데도 이 정도의 무력이면 따라잡는다고 해도 손쓸 방법이 없어. 특히나 중경 쪽으로 간 나머지 절반과 합류하게 된다면……."

"처음부터 염왕을 목표로 출정한 이들입니다. 당연히 그 정도의 무력을 갖고 있을 겁니다."

"그런 이들을 우리가 상대해야 하잖아."

"우리도 염왕을 목표로 한 건 마찬가집니다."

영귀가 눈을 찌푸렸다.

"내가 말한 우리와 당신이 말하는 우리의 의미가 좀 다른 것 같은데?"

"그런 것 같군요."

"소림사를 따라잡는다고 해도 대책이 없으면 죽음을 자초할 뿐이야. 나는 그런 건 동의할 수 없어."

영귀가 이를 꾹 악물고 말했다.

"당신은 내 손에 죽어야 하니까."

진자강은 영귀의 눈을 마주했지만 이내 고개를 저었다.

"나는 세 번의 공격을 허용한다고 했지 내 목을 맡긴 게 아닙니다. 내가 세 번을 허용한다고 한 건, 그때까지는 당신을 죽이지 않겠다는 뜻이었습니다. 그 이후에도 나를 노린다면······."

진자강은 뒷말을 잇지 못했다. 영귀가 입술을 파르르 떨고 있었다.

굉장히 분한 듯해 보이기도 했고, 너무한다는 듯 원망하는 것처럼 보이기도 했다.

영귀가 힘주어 말했다.

"상기시켜 주지 않아도 그 정도는 알아. 알았으니 죽지 말라고. 적어도 당신의 어깨에 우리 나살돈의 운명이 함께 걸려 있으니까!"

"알겠습니다."

또다시 어색한 분위기.

"잠깐만 쉬었다 가."

영귀는 몸을 홱 돌리고 수풀 속으로 가 버렸다.

이후로도 진자강과 영귀는 화산파 무인들의 시신을 몇 번이나 더 발견하게 되었다.

*　　*　　*

좌악! 좌악!

아홉 명의 소림승들이 똑같은 걸음과 보폭으로 대로를 휘젓듯 내달리고 있었다. 키와 덩치는 제각각인데 속도는 서로 같았다. 소림승들이 대력신정으로 발을 내디딜 때마다 길 양옆으로 물보라가 튀었다.

소림승들은 양쪽에 높은 나무들이 자라고 있는 대로를 지나고 있었다.

휘익, 휘이익!

소림승들이 달리고 있는 양옆으로, 십여 개가 넘는 그림자가 나무를 타고 소림승들을 앞질러 갔다.

소림승들은 날카로운 눈으로 좌우를 곁눈질했다. 뛰는 것보다도 빠르게 나무를 디디며 달리던 무인들이 소림승들을 쳐다보았다.

가장 앞서 달리던 소림승, 범해가 손을 들며 멈춰 섰다. 나머지 소림승들도 일거에 멈추었다.

나무를 밟고 달리던 무인들이 소림승들의 앞으로 뛰어내렸다. 뒤쪽에서도 몇 명이 퇴로를 막아섰다. 거의 스무 명에 가까운 인원이 소림승들을 포위한 셈이다.

범해가 옆으로 서서 앞뒤를 둘러보며 불호를 외웠다.

"나무아미타불."

무인들 중 머리가 희끗희끗한 장년인이 나서서 포검하며 말했다.

"종남의 기산이외다. 대사께 몇 마디 물을 것이 있어 무례를 무릅쓰고 지나가는 길을 막았소이다."

하지만 범해는 그 말에 대답하지 않았다. 후위 쪽을 막고 있던 이들 중에 한 명이 검을 뽑으며 소리쳤다.

"더 물을 필요도 없소. 행색은 승려인 척하고 있으나 본 파의 제자들을 마구잡이로 해친 흉악한 자들이오. 팔다리의 힘줄을 끊어 놓고 모진 매질을 하여 본 파로 압송하여야 하오!"

화산파 소속의 무인이었다. 그의 옆에도 몇 명이나 되는 화산파의 무인들이 서 있었다.

종남파의 기산이 손을 들어 말렸다.

"화산파의 은 대협께서는 잠시만 기다리시오. 아무리 힘든 일이 있었더라도 우리와 힘을 합치기로 한 이상, 우리 종남의 영역에서는 본인의 통제를 따라 주셔야 하외다."

화산파 무인들이 이를 빠득 갈면서 소림승들을 노려보았다.

하지만 소림승 중의 한 명이 피식 웃었다. 평범한 체구에 나이도 스물 정도밖에 되어 보이지 않는 승려였다.

종남파의 기산이 인상을 쓰며 턱짓을 했다.

종남파 중 덩치가 크고 힘상궂은 인상의 무인 한 명이 웃음을 머금은 소림승의 앞으로 거침없이 다가갔다. 머리 두 개는 더 큰 그가 거친 표정으로 승려를 내려다보았다.

"제 놈들이 무슨 짓을 하고 있는지 뻔히 알고 있어도 예의상 정중하게 대해 주고 있었더니, 웃어?"

젊어 보이는 승려가 보란 듯 더 크게 입을 벌려서 히죽 웃었다.

종남파의 무인이 이를 드러냈다.

"어린 중놈 새끼가……."

젊어 보이는 승려가 움찔하고 움직였다. 종남파 무인이 바로 맞서서 칼을 뽑으려 들었다.

그 순간 종남파 무인의 다리 아래에서 물보라가 일었다.

촤아아악!

젊어 보이는 소림승이 종남파 무인의 다리를 발로 찬 때문이었다.

종남파 무인의 다리가 옆으로 튀어 나갔다. 양다리가 무릎에서 끊겨 잘린 부분이 튕겨 나간 것이다.

종남파 무인은 너무 순간적이라 고통도 느끼지 못하고 멍한 표정이 되었다. 한순간에 키가 작아져서 젊어 보이는 승려를 위로 올려다보아야 하게 되었다. 젊어 보이는 승려의 다리가 어느새 종남파 무인의 눈앞에서 위로 쭉 올라가 있었다.

픽!

승려가 발로 내려쳐서 종남파 무인의 머리와 몸통을 뭉개 버렸다. 종남파 무인은 삽시간에 끔찍한 살덩어리가 되어 주저앉았다.

쏟아지는 비와 바닥의 흙탕물 때문에 순식간에 피가 퍼졌다.

젊어 보이는 소림승이 말했다.

"어린 중놈이라고? 노납이 비록 뒤늦은 범 자 배이긴 해도 칠순이 넘은 지 십 년은 더 되었느니라. 요즘 어린 것들은 참으로 버르장머리가 없구나."

"이런 잔인한!"

화산파와 종남파 무인들이 일제히 무기를 뽑아 들었다.

그들의 눈에 독기가 어렸다.

"승려가 되어 손속이 악독하기 짝이 없도다!"

"소림사가 언제부터 우리 종남파를 이리도 깔보았는가!"

젊어 보이는 소림승, 범곤이 오만하게 고개를 들고 화산파와 종남파 무인들을 바라보았다.

"너희들은 아직도 우리가 누구인지 모르는가 보구나."

덩치가 왜소한 중년의 승려가 범곤의 말을 받았다.

"석금강."

그 말을 들은 기산의 눈이 일그러졌다.

석금강의 석(惜)은 애석(哀惜)하다는 뜻의 석으로 가여워하거나 아낀다는 의미의 글자다.

소림사의 금강승은 익히 알려져 유명하지만 석금강은 유명하지 않다.

그럴 수밖에 없는 것이, 석금강은 절복종의 계보를 잇는 직계 고수들의 만제자들이었다.

애초에 절복종이 득세하지 않으면 평생 소림사 밖에서 활동할 기회가 없는 이들인 것이다.

범곤이 말했다.

"우리가 누구인지 알았다면 비켜나는 게 좋겠지."

종남파의 기산이 얼굴을 굳혔다. 절복종의 석금강이 사천으로 간다는 건 알고 있었다.

하나 이미 한 명이 처참하게 살해당했다. 이대로 종남파의 영역을 통과하게 내버려 둔다는 것은 문파의 자존심이 크게 상하는 일이었다.

"귀승들이 누구든 어디로 가든, 우리 종남의 구역에서 무례하게 굴었으니 그 대가를……."

기산의 말을 끊고 다른 승려가 범곤에게 말했다.

"사백님, 무슨 말씀을 하는 겁니까. 사백님은 몰라도 저희는 아직 멀었습니다. 이대로 사천에 가면 몸이 굳어서 안 됩니다. 누가 저희를 책임집니까?"

범곤이 아닌 범해가 답했다.

"걱정할 것 없다. 목숨 아까운 줄 모르는 부나방들이 계속해서 달려올 것이다."

기산의 얼굴이 일그러졌다.

"무슨 소리를……."

범해가 말했다.

"우리는 본래 열여덟이었다. 그런데 왜 도중에 나누어졌는가 하면……."

범곤이 말을 받았다.

"너무 오랜만에 세상 밖으로 나온 탓에 몸을 풀 상대가 없어서였다. 열여덟이 한꺼번에 가면 남을 게 없으니 반으로 나눈 것이지."

기산은 섬뜩한 기분이 들었다. 바로 작은 활을 꺼내 위로
쏘았다. 활에는 피리가 달려 있어서 허공을 가로지르며 시
끄러운 소리를 냈다.

삐이이익!

삐이익, 삐이익! 곧 사방에서 함께 화답하는 피리음이 들
려왔다.

하지만 석금강들은 기산의 행동을 막지 않았다. 오히려
반기는 눈치였다.

범해가 염주를 굴리며 말했다.

"대자대비 화도홍통, 보리살타 파절조복. 나무아미타불
관세음보살. 제자들은 들으라."

석금강들이 일제히 허리를 세우고 내공을 끌어 올렸다.
눈에서 번뜩이는 정광이 뿜어져 나왔다.

종남파와 화산파 무인들이 긴장하며 무기를 힘껏 쥐고
마주 내공을 끌어 올렸다.

범해가 입을 열었다.

"타락하고 아둔한 중생들이 성불할 수 있도록 아미타불
께 보내 드리거라."

동시에 소림승들이 사방으로 몸을 날렸다.

퍽, 퍽, 뼈가 터지고 팔다리가 떠오르며 순식간에 비명이
터져 나오기 시작했다.

* * *

끊이지 않는 비 때문에 땅은 웅덩이로 가득했고, 간혹 산
이 무너져 흙더미가 길을 막고 있었다. 냇가나 강물은 이미
범람하여 낮은 지대의 논밭들은 죄다 잠겼다.

벌써부터 장마로 인한 피해가 곳곳에 가득했다.

영귀의 등에 업힌 진자강이 말했다.

"너무 늦습니다."

영귀가 화를 냈다.

"지금도 최선을 다하고 있어!"

"사천에 도착할 때 즈음이면 장마가 반 이상 지나 있을
겁니다. 염왕을 막을 수 있는 시간이 얼마나 있을지 모르겠
습니다."

"우리 목적은 당가의 수장을 교체하는 거지, 염왕의 음
모를 막는 게 아냐."

"염왕의 음모를 분쇄해야 염왕이 손잡은 이들의 정체를
드러낼 수 있습니다."

"그건 그나마 다행이네. 수많은 사람들이 죽는다느니 하

면서 대협객처럼 굴지 않아서."

"그것도 포함됩니다."

영귀가 진저리를 쳤다.

"그럼 소림사의 승려들이 염왕을 치는 데 성공하길 바라 야지."

"그건 안 된다고 했잖습니까."

영귀는 화가 나서 말이 빨라졌다.

"당신 말대로, 소림승들은 열여덟이야. 당가대원을 치는 데 겨우 열여덟 명을 보낸 거라고. 심지어 속도가 빠르지도 않아. 염왕이 알든지 말든지 상관없다는 투로 자신들의 속 도로 가고 있어. 그게 무슨 의미인지 몰라서 그래?"

"같은 얘기를 벌써 열세 번이나 했습니다."

"대책도 없이 그저 안 된다고만 한 것도 열세 번이야."

진자강은 입을 다물고 생각에 잠겼다. 계속해서 쳇바퀴 돌듯 같은 얘기를 하고 있었다. 그리고 그런 뒤에는 으레 긴 침묵의 시간이 이어졌다.

"속도를 줄여야 할 것 같습니다."

진자강이 말했다.

영귀도 이상한 낌새를 눈치채고 멈췄다. 진자강은 영귀 의 등에서 내려왔다.

소림승들이 살해한 시체들은 여러 번 접했다.

그러나 이번에는 좀 달랐다.

앞의 길 전체에서 거대한 죽음의 기운이 느껴지고 있었다.

둘은 신경을 곤두세우고 앞으로 나아갔다.

길의 좌우에 시신들이 널브러져 있었다.

깊이 팬 웅덩이에 팔다리와 빗물에 씻긴 내장들이 떠다녔다. 단체를 상징하는 깃발들이 부러져서 여기저기 꽂혀 있었다.

영귀의 표정이 심각해졌다.

깃발을 보니 죄다 섬서의 무림 문파들이었다. 적어도 십 개 문파의 무인들이 이곳에 모여 있었던 듯했다.

그리고 모두 죽었다.

대강 눈으로 보이는 시신만 오륙십 명. 수풀에 가려지거나 앞쪽에 더 있을 시신들을 생각하면 그 수가 기백을 훌쩍 넘을 터였다.

중소 문파 무인들만 있는 것도 아니고 화산파나 종남파의 무인들도 보였다.

이만한 무인들의 집단이 한자리에서 몰살당하다니…….

영귀가 입술을 물고 앞을 보았다.

누군가 한 명이 비를 맞으며 길 가운데에 서 있었다.

쏴아아…….

머리에 쓴 관모는 찌그러져 있었고 머리는 헝클어져서 길게 풀려나 있었다.

종남파의 무인이었다.

쏴아아아…….

무인은 진자강과 영귀가 가까이에 다가왔는데도 여전히 등을 보인 채로, 미동도 없이 빗속에 서 있을 뿐이었다.

진자강과 영귀가 열 걸음 정도의 거리에서 멈춰 서자, 그 제야 무인이 뒤를 돌아보았다.

종남파의 무인 기산이었다.

눈은 퀭하고 입술은 파리했다. 얼이 빠진 듯 눈동자도 초점 없이 멍했다.

기산이 쉬고 가라앉은 목소리로 더듬거리며 물었다.

"자네들은…… 누군가?"

굉장히 오랫동안 말을 하지 않은 것 같은 목소리다.

진자강이 물었다.

"언제부터 여기 서 있었습니까?"

"나? 아아…….''

기산이 그제야 주변을 둘러보았다.

"아…… 그랬지. 이 친구들의 주검을 수습하라고 살려 주었지. 맞아. 깜박 잊고 있었네…….''

시신들을 보면 이미 죽은 지 만 하루는 된 것 같았다.

기산은 그때부터 이제까지 계속 이 자리에 서 있었던 것이다.

기산은 몸이 굳어서 힘들게 움직이려다가 진자강과 영귀를 돌아보았다.

"그런데…… 자네들은 누군가?"

영귀가 대답하지 말라고 눈치를 주었지만 진자강은 똑바로 대답했다.

"진자강입니다."

"진자강? 아…… 독룡……."

퀭한 눈의 기산이 뭔가를 중얼거리더니 칼자루를 잡았다.

"맞아. 독룡…… 독룡이 지나간다 했지. 우리 종남파의 제자와 인자협 불기 사형을 해쳤지."

"그렇습니다."

"그럼 그냥 보낼 수…… 없지."

기산이 검을 뽑았다.

차앙!

검은 중간이 뚝 부러져 있었다. 그러나 부러진 자리에서도 날카로운 검기가 한 자나 뻗어 나왔다. 어찌나 검기가 예리한지 빗방울이 부딪치면 둘로 잘릴 정도였다.

빗속에서 만 하루를 정신 나간 채로 서 있었던 사람의 무위라고는 보기 어려운 기세였다.

그러나 그것은, 정신이 나가기 전까지 얼마나 치열한 격전을 벌였는지에 대한 반증이기도 했다. 몸은 망가졌지만 투지는 극한까지 올라서 있는 상태였다.

정신이 나가 있는데도 여전히 임무에 따라 움직이고 있는 것이다.

그러나 저런 몸으로 싸움을 하겠다는 건 죽고 싶다는 말밖에 되지 않는 것이었다.

영귀는 진자강에게 조언했다.

"독룡. 저자는 지금 정상이 아냐. 싸울 필요 없어. 원한을 만들지 마."

하나 그 말을 들은 기산이 고개를 저었다.

"아닐세……, 아니야. 내가 지키고 있는 이상 독룡은 이곳을 지날 수 없어……. 지나가고 싶으면 나를 넘어서야 하네. 알…… 겠는가?"

진자강이 고개를 끄덕였다.

"독룡!"

영귀가 말렸지만 진자강은 영귀를 잠시 바라보더니 곧 앞으로 걸음을 옮겼다.

기산도 진자강을 향해 다가갔다.

"종남의 제자는…… 물러서지 않는다."

다리가 굳어서 휘청거리는데도 오랜 기간 수련해 온 반사 신경으로 중심을 잡고, 검기를 휘둘러 댔다.

검기는 날카로웠지만, 검이 빠르지 않았다.

진자강은 빗속에서도 가볍게 기산의 검을 피해 낼 수 있었다. 기산은 스스로 발을 헛디뎌 엎어졌다.

첨벙!

기산이 무릎을 꿇은 채 고개를 들었다. 진자강이 기산의 이마에 손가락을 얹었다. 기산이 중얼거렸다.

"종남의 제자는, 위협에 굴종하지 않는다."

진자강이 말했다.

"시신은 제가 수습해 드리겠습니다."

"아아……."

기산의 입가에 희미한 미소가 걸렸다.

진자강이 발경했다.

투학!

기산의 머리가 크게 흔들리며 눈과 코, 입에서 피가 흘러나왔다. 기산의 몸이 옆으로 넘어갔다.

진자강은 곧 기산의 시신을 들어 길옆으로 가져갔다. 그러곤 다른 이들의 시신까지 한자리에 모으기 시작했다.

영귀는 진자강을 가만히 지켜보고 있다가 이마를 매만졌다.

진자강은 정말로 백여 구가 넘는 시신들을 한데 모아 수습할 생각인 것이다.

　조금씩, 진자강의 생각을 알 것도 같아졌다.

　영귀는 말없이 진자강을 도와 함께 시신들을 옮겨 놓았다.

　　　　　*　　　*　　　*

　사천.

　섬서에서부터 온 아홉 명과 중경을 넘어온 아홉 명이 만났다.

　마침내 열여덟 명의 소림승이 사천 성도에 들어선 것이다.

　"나무아미타불, 사천이 조용합니다."

　성도답게 장마로 비가 쏟아지고 있는데도 수많은 사람들이 오가고 있었다. 언뜻 조용하다는 말은 어울리지 않았다.

　그러나 본래 사천은 타 지역 무인들에겐 철벽처럼 여겨지던 곳이었다. 청성파와 아미파, 당가대원의 사천삼강이 곳곳에 포진되어 있었다. 사천에 발을 디딘 순간부터 나가는 순간까지 어디서나 사천삼강의 감시 눈길이 따라다녔다.

하지만 지금은 예전처럼 사방에서 쏟아지는 눈길을 느낄수 없었다.

범해가 말했다.

"사천삼강 중에 아미파는 두문불출, 청성파는 해산한 때문이겠지. 두 문파의 빈자리가 크군."

범해의 옆에 선 승려가 물었다.

"당가대원으로 갈까요?"

"가자."

소림승들은 조금도 망설이지 않고 바로 당가대원으로 향했다.

당가대원은 거대한 하나의 요새와도 같이 우뚝 서 있었다.

수백 채의 집과 수십 채의 전각들이 모여 있어 폐쇄적인 느낌이 더욱 강했다. 게다가 매우 조용했다. 빗물이 전각들의 지붕에 맞고 튕기며 이뤄 낸 뿌연 운무가 당가대원의 분위기를 몹시도 스산하게 만들었다.

평소라면 사람들이 바삐 오가고 있어야 할 당가대원에는 오가는 사람이 단 한 명도 없었다.

대신 외원의 문을 활짝 열고, 앞에서 비가림막을 든 한 명의 학사가 기다리고 있었다.

학사가 소림승들을 향해 정중히 고개를 숙였다.

"염왕께서 기다리고 계십니다."

하지만 범해는 움직이지 않았다.

"염왕에게 나오라 이르라."

학사는 고개를 숙인 채 같은 말을 반복했다.

"염왕께서 기다리고 계십니다."

범해가 당청이 보낸 친서를 꺼내 펼쳤다.

"우리는 교분을 나누러 온 것이 아니다. 항복을 받아들이는 대가로 염왕의 수급을 취하러 왔느니라!"

당가의 사람이 들으면 기겁할 만한 이야기였다. 그런데도 학사는 여전히 고개를 들지 않았다.

"염왕께서 기다리고 계십니다."

범해의 눈이 가늘어졌다. 범해의 뒤로 선 소림승들의 기세가 흉흉해졌다.

"나오지 않으면 당가는 대가를 치르게 될 것이니라."

그제야 학사가 고개를 들었다. 그러나 수긍한 표정은 아니었다. 학사가 뒷걸음질을 하며 외원 안으로 들어갔다.

알았다는 말도, 알리겠다는 말도, 아무런 언질도 남기지 않은 채였다.

그러더니.

끼이이익.

외원의 문이 닫히기 시작했다.

쿵! 쿵! 철컥!

문을 잠그고 빗장까지 걸어 대는 소리가 들려왔다.

소림승 중의 한 명이 말했다.

"염왕은 아무래도 항복할 뜻이 없나 봅니다. 순순히 목을 내어 주기 싫은가 보군요."

다른 승려가 말했다.

"아니면 항복하는 와중에도 자존심을 세우고 싶거나 말입니다."

범해가 답했다.

"사부님께서는 이미 염왕의 행동을 예측하고 명하셨느니라. 염왕이 순순히 응하지 않으면 당가를 쓸어버리라고."

"그래야 할 때가 된 것 같습니다."

범해가 고개를 끄덕이며 손을 들어 굳게 닫힌 문을 가리켰다.

"열거라."

두 명의 승려가 나서서 문 앞으로 갔다.

두꺼운 나무에 질긴 옻칠을 하고 묵철로 띠를 둘러서 징으로 고정한 단단한 문이다. 충차라도 와야 부술 수 있을 법했다. 하나 두 승려는 양 주먹을 말아 쥐고 허리춤에 댄 채 힘껏 내공을 모으더니, 동시에 문을 가격했다.

쾅! 쾅!

나무살이 쩍쩍 패이며 금이 갔다. 묵철로 두른 띠가 움푹 찌그러졌다. 징이 깨지고 튕겨 나갔다.

콰앙!

두 승려의 주먹질에 외문이 부서지는 데에는 고작 일 각 도 걸리지 않았다.

끼익…… 끼익…….

그 큰 문이 반쯤 부서져서 경첩에 겨우 매달려 흔들거리 고 있었다.

"대자대비 화도홍통, 보리살타 파절조복. 나무아미타불 관세음보살."

범해가 노기 띤 얼굴로 말했다.

"길을 뚫고 염왕의 목을 가져오너라. 후퇴는 용납하지 않겠다. 오늘, 염왕은 부처님의 앞에서 자신이 지은 죄를 남김없이 실토하고 지옥불에 떨어지게 될 것이다!"

범곤이 가장 앞에 나서서 숨을 힘껏 들이쉬곤 사자후를 터뜨렸다.

크어허엉!

마치 전쟁을 알리는 나팔 소리처럼 어마어마한 사자후가 당가대원을 뒤흔들었다.

부서진 문 안쪽으로 수십 명의 당가 무인들이 모습을 드러냈다. 스물의 궁수들이 담 위로 올라가 소림승들을 향해 시위를 겨누었다. 암기를 품은 자들도 옆에서 대기했다. 손을 소매 속에 넣고 출수할 준비를 했다.

범해의 입이 일그러지며 살의가 흘러나왔다.

"가라!"

그리고, 소림승들이 부서진 문을 밀치며 당가대원 안으로 들어섰다.

第五章

당가대원

크어허엉!

범곤이 터뜨린 사자후는 당가대원의 내원에까지 똑똑히
전해졌다.

후원에서 당귀옥과 차를 마시던 당청이 고개를 들었다.

무사 한 명이 뛰어 들어와 고했다.

"소림사가 진입을 시도하고 있습니다!"

무사가 말을 전한 뒤 바로 나갔다.

당청이 중얼거렸다.

"드디어 시작되었군."

당귀옥도 당청의 말에 끄덕거렸다.

"석금강이 열여덟이라니. 소림사에서 꽤 힘을 준 모양입니다."

당청이 낄낄대며 웃었다.

"그렇지. 하지만 반대로 석금강 열여덟이 죽어 나가면 그만큼 소림사도 속이 쓰릴 거야."

또 다른 무사가 뛰어왔다.

"방금 소림사가 첫 번째 외원의 문을 돌파했습니다!"

무사가 고하고 바로 나가는 중에도 다른 무사들이 달려들어왔다.

"일직선으로 벽을 부수며 내원으로 향하고 있습니다."

연이어 무사들의 보고가 이어졌다.

"일 차로 막아선 오십이 명이 전멸했습니다."

"두 번째 수화문까지 파괴됐습니다."

"변씨 가문과 염씨 가문의 가신 무사들 마흔이 전멸했습니다."

반 시진 동안 벌써 백오십 명가량이 죽고, 세 번째 수화문까지 길이 뚫렸다는 소식이 계속해서 들어왔다.

"예상보다도 일각이 더 빠르군. 정말로 정예들인가 본데?"

그러나 말과는 달리 당청은 오히려 반기는 표정이었다. 여전히 느긋하게 의자에 몸을 기댄 채였다.

당귀옥이 당청에게 말했다.

"오라버니, 본가의 피해를 생각해서라도 슬슬 진압하는
게 좋지 않을까요?"

"무슨 소리야?"

당청이 인상을 쓰며 웃었다.

"피해를 입어야지. 석금강이 열여덟이나 출정하였는데
아무 피해도 없이 죽어 버리면 섭섭해서 쓰나."

당귀옥의 목소리가 조금 가라앉았다.

"오라버니. 오라버니가 하시는 일을 반대하진 않지만,
가신 가문의 무사들도 본가의 식솔입니다. 식솔들이 다치
는 일은……."

쾅!

당청이 발을 굴렀다. 당청은 인상을 쓰며 말했다.

"내 일이 곧 본가의 일이고, 내가 하는 일은 모두 본가를
위해서다. 너는 이번 일이 끝나도 본가의 식구들이 동요하지
않도록 잘 다독이면 되는 게야. 그게 네 일이다. 알겠느냐?"

당귀옥이 낮은 한숨을 쉬었다.

"알겠습니다."

그제야 당청이 인상을 풀었다.

"자아, 그럼 중놈들이 살육을 좀 더 즐기도록 두자꾸나."

당청은 연이은 전멸 소식에도 아랑곳 않고 여유롭게 차
를 즐겼다.

아직 그가 생각하는 지점에 이르려면 소림사는 좀 더 힘을 내어야 할 터였다.

*   *   *

피비린내가 진동했다.

소림승들은 내원을 향해 곧장 전진했다. 벽이 있으면 벽을 부수고, 함정이 있으면 뭉개 버렸다. 길을 따라 움직이지 않으니 지형지물을 이용한 당가 무사들의 진법이나 진형은 아무런 의미가 없었다.

소림승들의 살기는 시간이 지날수록 점점 더 짙어져 갔다. 선두에서 당가 무사들을 때려죽이는 데 가장 앞장서고 있던 범곤은 숨까지 씩씩 몰아쉬었다. 숨이 차서가 아니라 수십 명을 살해한 탓에 살기가 극도로 치민 때문이었다.

촤아악!

일 장도 넘는 앞쪽의 막다른 담장 위로 당가의 무사들이 모습을 드러냈다. 손에는 네모난 상자를 들었다.

장치를 조작하자 바람 소리와 함께 새까맣게 암기들이 쏟아졌다.

길이 좁으니 통상의 경우라면 침입자들은 암기를 피하지 못하고 고슴도치가 되었을 터였다.

그러나 상대가 소림승들이었다.

암기를 보자마자 철포삼을 끌어 올리며 승복 자락을 휘저었다.

타타타탁!

비 사이를 뚫고 쏟아지던 암기들이 모두 승복에 맞고 튕겨 나갔다.

길이 좁고 담벼락이 높아 암기의 궤도가 한정적인 것이 소림승들에게는 오히려 유리하게 작용했다.

범곤이 암기를 죄다 튕겨 내며 담 위로 뛰어올랐다. 회오리처럼 돌며 발길질을 해 댔다. 사방으로 다리를 휘젓는데 마치 언월도를 휘두르는 것과 같았다. 암기를 쏘던 당가 무사들의 사지가 떨어져 나가고 허리가 두 동강 났다.

담 위에서부터 핏물이 사방으로 쏟아졌다.

"음?"

범곤의 살기 어린 눈이 번들거렸다. 일반 무사들 가운데에 유독 다른 복장을 한 무인이 있었다.

상급의 가신 무사가 시커먼 통을 범곤에게 들이밀었다.

펑!

작고 날렵한 모양의 팽이처럼 생긴 암기 네 자루가 쏘아졌다. 범곤이 소맷자락을 펼쳐 철포삼으로 튕기려 했다. 순간 암기가 철포삼을 휘감으며 뚫고 지나갔다.

두두둑!

승복 자락이 뜯기는데 뼈를 관절에서 쥐어뜯는 듯 거친 소리가 났다. 범곤의 옆구리에서도 선혈이 튀었다. 피와 젖은 물이 회오리처럼 퍼져 나갔다.

범곤의 입이 길게 찢어졌다.

"첨가자(尖枷子)?"

호신강기를 파괴하는 암기다. 호신강기를 뚫을 뿐 아니라 팽이처럼 생긴 옆면에 톱니가 달려 있어서 회전하며 지나갈 때 살을 모조리 쥐어뜯는다.

무사가 한 번 더 시커먼 통을 겨누었다. 범곤이 소매를 흔들어 손바닥에 감고 손바닥으로 통의 구멍 앞을 가로막았다. 마치 쏘아 볼 테면 쏘아 보라는 뜻인 것 같았다.

동료들의 피와 빗물로 범벅이 된 무사의 얼굴이 일그러졌다. 방금 철포삼으로 첨가자를 막지 못하는 걸 보았을 텐데도 만용을 부리다니!

무사는 힘껏 장치를 당겨 암기를 쏘았다.

퍼엉!

그러나 아무 일도 일어나지 않았다.

후두둑, 범곤이 펼치고 있는 손바닥을 관통하지 못하고 첨가자가 떨어졌다. 무사가 계속해서 줄을 당겨 첨가자를 쏘았다.

펑! 펑!

방금까지 승복의 소맷자락을 뚫고 나갔던 첨가자가 더이상 아무런 힘을 발휘하지 못했다.

범곤은 거의 입이 찢어질 정도로까지 미소를 지었다.

"금. 란. 철. 주."

금란철주는 철포삼보다도 한 단계 더 상위의 호신기공이다. 무사의 표정이 어두워졌다.

범곤이 몸을 돌리며 허리를 비틀어 무사의 옆구리를 찼다. 무사가 팔뚝으로 막았으나 무의미했다. 팔을 가르고 갈비뼈를 으스러뜨리며 범곤의 정강이가 무사의 몸을 찢고 지나갔다.

"끄아아아아!"

무사가 가냘픈 비명을 질렀다. 무사의 팔과 상체 일부가 몸에서 떨어져 나갔다. 무사의 몸이 담벼락에서 떨어지며 흥건하게 피를 뿜어냈다.

쏴아아아.

쉴 새 없이 내리는 비가 범곤의 얼굴에 튄 피를 씻어 내며 바닥으로 흘렀다.

바닥에는 이미 씻겨 나간 피들로 흥건한 웅덩이가 생겨나 있었다.

범해가 뒤에서 범곤을 불렀다.

"사제. 한발 물러나 정양(靜養)하라."

"사형. 옆구리에 작은 상처가 생긴 것뿐입니다."

"여기가 당가라는 걸 잊지 마라."

언제든 독을 조심하지 않을 수 없었다. 범곤은 한창 흥이
오르던 중이라 불만인 표정을 지었지만 살기를 가라앉히곤
담을 내려왔다.

이어 품에서 네모난 갑을 꺼내어 열고 그 안에 든 환단을
입에 넣었다. 당가의 독에 대항하기 위해 특별히 가져온 환
단이다.

그러고 나서야 범해가 말했다.

"그럼 가자."

범해의 말에 소림승 한 명이 뛰쳐나가 담벼락을 쌍권으
로 쳐 냈다.

꽈앙!

두께만 세 뼘이 넘는 두꺼운 담벽이 터져 나갔다. 담에
걸쳐져 있던 시체들이 떨어지고 무너졌다.

소림승들은 거침없이 담벽을 통과해 나아갔다.

*   *   *

"오라버니?"

당귀옥의 성화에 당청이 견디지 못하고 몸을 일으켰다.

당청은 한심하다는 듯 말을 내뱉었다.

"네 녀석은 어째 수십 년 전이나 지금이나 이렇게 철이 없느냐. 내가 네 하찮은 등쌀에 백년대업을 소홀히 하면 되겠느냐?"

이번만큼은 당귀옥도 물러서지 않았다.

"이미 가신 가문의 충성스러운 무사들이 수백이나 상했습니다. 그들을 불필요하게 방패막이로 내모는 것은 올바르지 못한 일입니다. 석금강을 막을 방도가 있다면 이제 시도할 때가 되었습니다."

"수백이라고 해 봐야 본가의 전력 중에서 차지하는 비율은 일 할도 채 되지 않는다! 고작 그것 때문에 대업을 망치란 말이냐?"

당귀옥이 조용히 말했다.

"고작이 아닙니다. 그들 하나하나가 본가의 근간입니다. 잘못한 게 있다면 모르되, 잘못한 게 없으면 죽음으로 내몰아서는 안 됩니다."

당청의 입이 비틀렸다.

"네가 하다 하다 이 오라비에게 훈계를 다 하는구나?"

"대업이 성공하여 본가가 강호에 군림하게 되었을 때, 가장 본가의 힘이 될 수 있는 이들입니다."

"힘이 있으면 아랫것들은 차고 넘칠 만큼 몰려든다. 그게 사람의 생리이고 권력이다."

"오라버니."

당청이 짜증스러운 목소리를 냈다.

"그 입 좀 닥치거라. 일에는 흐름이 있는 법이다. 네가 아무리 등쌀을 대도 아직은 때가 아니야."

"꼭 희생을 해야 합니까? 소림사가 이제 와 개입한다 해도 이미 멈출 수 없다고 하지 않으셨습니까."

"본가를 치라고 보낸 소림사의 정예가 아무것도 하지 못하고 죽어 버렸다 치자. 그럼 남들 보기에 그게 정상처럼 보이겠느냐? 우리가 힘을 숨기고 있다는 걸 알게 될 거다. 그건 우리에게 하나도 유리하지 않아."

당귀옥은 침묵했다가 물었다.

"얼마나 더…… 필요합니까."

당청이 손가락 세 개를 펴 보였다.

"삼 할. 내가 목표로 한 숫자다. 소림사의 이번 공격으로 본가의 삼 할이 죽어야 한다."

당귀옥은 눈을 감았다.

"삼 할이라니……."

"물론 그건 대외적으로 보이는 머릿수일 뿐이지. 실제로 본가의 전력은 이 할도 소모되지 않을 것이다."

"삼 할은 많습니다."

당청이 코웃음을 쳤다.

"좋다. 이 할. 너를 생각해 이 할에서 멈추도록 하마."

                    *   *   *

범해가 손을 들어 소림승들을 멈추게 했다.

"이상하군."

눈앞에 부서진 공간이 보였다. 사람의 시체는 없는데 바닥에는 피 웅덩이가 흐르고 있고, 싸운 흔적도 고스란히 남아 있었다.

"우리가 한번 지나갔던 곳인 것 같군."

범해가 물었다.

"우리가 진입한 지 얼마나 지났지?"

비가 와 어둡고 쉴 새 없이 공격을 당해 시간 가는 걸 정확히 알 수는 없었다.

"반나절은 된 것 같습니다."

대답을 한 소림승도 이상하게 생각했다.

아무리 싸우면서 전진했어도 반나절을 직진으로 뚫고 갔으면 내원이 보여야 했다.

그러나 소림승들은 여전히 외원의 벽 안에 갇혀 있었다.

범해가 주변을 둘러보았다.

"당가대원은 진법에 따라 지어졌다. 우리도 모르는 사이에 진법의 영향권에 든 것인가?"

소림승들 모두가 고개를 갸웃거렸다.

"그럴 리가 없습니다. 우리는 당가대원의 입구에서부터 일직선으로 앞을 막고 있는 모든 벽을 뚫고 들어왔습니다."

범해가 사람 키의 두 배가 훌쩍 넘는 양옆의 벽을 만져 보며 말했다.

"하지만 우리는 이 좌우의 벽을 따라서 이동했지."

"설마……."

범해가 한쪽 눈을 감고 손을 앞으로 뻗었다. 빗물이 튀고 물이 젖으며 흘러 정확히는 볼 수 없었다. 그러나 안력을 집중해 선 자리에서 마지막 막다른 벽까지를 가늠했다.

범해가 말했다.

"벽이 직선으로 나 있지 않구나."

벽과 골목이 알아채기 힘들 정도로 곡선으로 휘어져 있었다!

서너 장의 거리에 반걸음 차이가 났다. 이 정도의 휘어짐은 모르고 돌았어도 무리가 아니었다.

큰 차이는 아니지만, 이 차이가 쌓이고 쌓이면 전혀 의도하지 않은 방향으로 가게 된다.

이미 반나절이나 지났으므로 그만한 거리라면 한 바퀴를
빙 돌았을 수도 있는 것이다.

소림승들은 그제야 좌우 벽에 새겨진 복잡한 문양들이
괜한 것이 아니라는 걸 알았다. 극도로 계산되어 세심하게
조각된 문양들은 착시를 일으켜 벽이 휘어짐을 알 수 없도
록 교묘하게 만들어져 있었다.

"흠."

범해의 눈이 가늘어졌다.

역시나 당가대원.

난공불락의 요새라는 말이 괜히 나온 것이 아니다.

범해는 계속해서 전진을 명했다.

심지어 걷다 보니 싸움이 벌어진 듯이 부서진 흔적을 여
러 번 지나기도 했다.

마치 같은 곳을 뱅글뱅글 돌고 있는 듯.

소림승들의 인상이 굳어졌다. 반나절을 내내 외원에서
헤매고 있었다는 생각이 들자 슬슬 조바심이 났다.

그때 승려 한 명이 의아한 생각이 들어서인지 부서진 흔
적을 살폈다. 승려의 얼굴에 아차 싶은 표정이 떠올랐다.

"이런…… 여긴 우리가 부순 벽이 아닙니다. 흡사해 보
이지만 본사의 수법이 아닙니다."

소림승들은 당가의 치밀한 수법에 치를 떨었다.

그 사이에 아까 싸움이 벌어졌던 곳과 똑같이 잔해를 재현하여 둔 것이다.

무심코 이런 곳을 몇 번이나 지났다면 완전히 길을 잃었을 것이다.

범해가 높은 담 위로 뛰어 올라갔다.

겉으로는 길이 죄다 반듯반듯해 보였다. 그러나 실제로 지금 있는 자리와 저 앞의 끄트머리를 비교해 보면 크게 휘어져 있는 상태인 것이다.

게다가 담벼락의 높낮이가 죄 달랐다. 좌우의 방향으로만 휘어지도록 지은 게 아니라 고의적으로 높이도 다르게 지었다는 뜻이다. 담의 두께도 점점 가늘어지거나 두꺼워지거나 하여 눈이 혼란스러웠다.

담 위에 올라서도 방위를 제대로 파악할 수 없도록 지어진 것이다.

범해처럼 단련된 무인조차 감각이 흐트러질 만큼 정교하게.

더구나…….

모퉁이와 곳곳마다 지어진 높은 전각들은 전혀 방향의 기준점이 되지 못했다. 사면이 똑바른 정방형의 건물이 아니라 실제로는 각 면이 삐딱하게 지어져 있는 비정형이었다.

범해는 눈을 꽉 감으며 고개를 흔들었다. 계속해서 담의 위치와 전각의 모양을 보고 있으니 눈이 다 이상해질 지경이었다.

모든 길이 직선인 것처럼 보이되 직선이 아니고, 곡선인 것처럼 보이되 곡선이 아니었다.

피피핑!

심지어 담 위에 올라가 있으니 드러난 표적이 되었다. 사방에서 암기와 화살이 날아왔다.

범해는 소매로 암기들을 뿌리치곤 담 아래로 뛰어내렸다.

소림승들이 범해의 명령을 기다렸다.

이미 물러설 길도 찾을 수 없는 상황이었다.

범해가 소림승들을 쳐다보며 입을 열었다.

"소림의 제자들은 듣거라."

소림승들이 눈에 힘을 주고 범해에게 주목했다.

범해가 말했다.

"지금 이 순간부터 눈에 보이는 모든 것을 부수어라."

"옛!"

소림승들이 대답과 동시에 사방팔방으로 뛰쳐나갔다. 범해를 중심에 두고 방사형으로 퍼져 나가며 앞을 가로막은 것들을 전부 깨부수고 돌진했다.

벽이든, 집이든, 전각이든 닥치는 대로 무너뜨렸다.

쾅! 우르르르.

사방에서 벽이며 담들이 박살 나는 소리가 들려왔다.

마치 당가대원 전체를 없애 버리겠다는 듯.

소림승들이 퍼져 나갈수록 생겨난 잔해들의 반경이 점점 넓어져 갔다.

당가대원의 건물들이 외원에서부터 무너지고 있었다.

*　　　*　　　*

"십오 번 외각이 무너졌습니다!"

"삼십칠 번 대전이 무너졌습니다!"

당청은 무사들의 보고를 들으며 머릿속으로 당가대원 전체의 모습을 그렸다.

"중놈들이 드디어 본가의 구조에 대해 이해했다. 길을 찾을 수 없으니 사방으로 퍼져서 죄다 때려 부수기로 한 모양이로구나. 못된 중놈들 같으니."

당청이 계속해서 보고를 받다가 어느 순간 눈을 치켜떴다.

"이제 도둑놈들을 잡아야 할 시간이다."

당청이 준비해 두었던 고수들의 투입을 결정했다. 그리

고 본인도 직접 외원으로 나갔다.

당가대원의 외원 무사들 이 할, 전각 등의 구조물 삼 할
이 파괴된 시점이었다.

*   *   *

석금강 공린.

그는 함께 출정 온 다른 승려들 중에서도 유독 의욕을 불
태우고 있었다.

사십 대의 나이. 이때까지 내내 소림사에서 한 걸음도 외
부로 나와 보지 못했다. 운이 없으면 평생토록 그렇게 될
운명이었다.

하지만 기회가 왔다. 아마도 이번은 공린의 인생에 있어
처음이자 마지막일지도 몰랐다. 공린은 자신이 가진 모든
무력을 동원해 본인의 가치와 신념을 증명해야만 했다.

그간 혹독하게 받아 온 수련은 모두 이날 이때를 위한 것
이었다.

공린이 앞에서 담을 등지고 활을 쏴 대는 궁수들을 향해
달렸다. 궁수들의 화살은 특수한 철로 만들어져 있었지만
금란철주를 뚫지는 못했다.

"으랴아아!"

공린은 머리로 궁수들과 담을 함께 밀어 버렸다. 궁수들이 화들짝 놀라 옆으로 피했다.

쿠우웅!

머리에 받힌 담이 와르르 무너졌다.

철썩철썩.

공린은 자신의 민머리를 손바닥으로 치며 포효했다.

"크아아아!"

궁수들은 철두공의 위력에 경악하면서도 재차 시위를 먹여 공린을 쏘려 했다. 공린은 궁수들의 팔다리를 잡아채 던지고 발로 머리를 걷어찼다. 궁수들은 좌우의 벽에 부딪혀 뼈가 부러지고 머리가 터졌다.

여섯 중에 다섯이 순식간에 널브러진 시체가 되었다. 남은 한 명이 덜덜 떨면서 벽에 붙어 공린을 쳐다보고 있었다.

"나무아미타불 관세음보살. 성불하여라!"

공린이 주먹을 들어 궁수를 향해 휘둘렀다.

그런데.

피이이잉!

주먹이 뭔가에 걸려서 앞으로 나아가지 않았다. 궁수는 그사이에 몸을 돌려 도망갔다.

"뭐냐, 이건."

공린이 살기 어린 목소리를 내뱉었다.

자세히 보니 허공에 수많은 선이 그어져 있었다. 벽과 벽을 이어서 그 안에 공린을 가두고 있었다.

"실?"

실들이 막 집을 짓기 시작한 거미줄처럼 공린의 앞을 가로지르고 있어서 주먹이 걸려 있었다. 공린이 팔을 당겨 빼려 했다.

키이이익! 키이익!

금란철주의 옷소매에 걸린 실들이 소름 끼치는 쇳소리를 냈다. 그래도 끊기지 않는 걸 보면 보통의 실이 아니다.

휘리릭!

몇 개의 실이 더 공중을 날아와 공린의 몸을 결박하듯 에워쌌다. 공린은 팔을 든 채로 꼼짝없이 줄에 걸린 셈이 되었다.

그리고 무너진 담 앞으로 자신의 나이와 비슷해 보이는 날카로운 인상의 무인이 걸어왔다.

"네게 허락된 행패는 거기까지다. 석금강."

"시주는 뉘인고?"

"탈혼방주."

공린의 입이 벌어졌다.

"탈혼방주 당상율. 그래…… 이제야 두더지의 머리들이 기어 나오는고?"

탈혼방주 당상율의 눈 끝이 치켜 올라갔다.

"착각하고 있구나. 네놈들이 잘나서 여기까지 온 줄."

"그런가?"

공린이 몸에 힘을 주고 한 발을 내디뎠다.

키이잉! 공린의 앞쪽을 가로지르고 있던 실들이 공린의 전면에 걸려 팽팽하게 당겨졌다. 공린은 팔을 당기며 몸을 앞으로 했다.

당상율도 탈혼사를 당겨 버렸다.

팽팽한 힘 싸움이 벌어졌다.

공린이 조금씩 앞으로 걸어갔다.

저벅…… 저벅!

탈혼사의 실들이 공린의 금란가사에 걸려 밀리면서 끽끽 소리를 냈다. 탈혼사가 고정되어 있는 좌우의 벽이 흔들거렸다. 공린의 얼굴에도 세 가닥의 탈혼사가 막혀 있었다.

"우오오오오!"

공린이 일기가성으로 기합을 지르며 전력을 다해 팔을 당겼다.

탈혼사가 끊어지지도, 공린의 팔이 탈혼사에 잘리지도 않았다.

대신 탈혼사가 걸고 있던 주변의 벽들이 잘려 나갔다.

촤아아악!

팽팽하던 탈혼사가 갑자기 풀어져 공중에서 크게 휘돌았다. 몸이며 탈혼사에 맺혀 있던 빗방울이 사방으로 튕겼다.

당상율이 몸을 날려 공중에서 회전하며 탈혼사를 회수했다.

벽과 벽을 탈혼사로 이어 막고 있던 탓에 벽의 조각들이 날카롭게 잘려 바닥으로 떨어졌다.

공린의 얼굴에는 탈혼사에 쓸려 세 가닥의 긴 흔적이 남았다. 빗물에 얼굴에서 흐르는 피들이 씻겨 나갔다.

공린이 당상율을 보고 웃었다.

"조잡한지고. 가진 재주가 이것뿐이라면 오늘 시주는 지옥에서 염왕과 재회하게 될 것이야."

당상율이 공린을 노려보며 말했다.

"멍청한 중 같으니. 제 죽을 줄은 모르고 큰소리만 치는구나."

공린은 얼굴에 난 세 줄기의 상처를 매만졌다. 쓰라림을 넘어서서 먹먹할 지경으로 통증이 찾아왔다.

강한 독이다.

공린이 살기 어린 표정으로 미소를 지으며 말했다.

"자신감이 충만한 걸 보니, 아주 대단한 독인가 보구나."

공린은 품에서 작은 갑을 꺼내 그 안에 든 환단을 천천히 입에 넣었다.

꿀꺽.

공린의 목울대가 움직였다.

당상율은 그 광경에 비릿한 조소를 머금었다.

*   *   *

범곤은 당가의 고수 한 명과 싸우고 있었다.

"성불하거라!"

공중으로 뛰어올라 현란하게 발을 놀렸다.

펑! 퍼퍼펑! 당가의 고수가 양손으로 범곤의 발을 연신 쳐 냈다. 그는 뒤로 몇 걸음이나 밀려나서는 손이 저린 듯 손을 흔들어 털었다.

"맨손으로 노납의 각법을 막을 수 있을 거라 생각하였느냐?"

그 말이 거짓이 아닌 듯, 당가 고수의 손가락 두 개가 반대 방향으로 꺾여 있었다.

범곤은 바닥에 착지함과 동시에 앞으로 튕기듯 날아갔다. 당가 고수가 옆으로 몸을 피했다.

쾅! 범곤의 발차기가 벽을 한 방에 날려 버렸다.

그러나 당가 고수도 기세에서 밀리진 않았다.

"노납? 어린놈이 겉멋만 들었구나!"

범곤이 울컥하여 소리쳤다.

"허허! 어린놈이라니, 노납이 네놈보다 살아온 세월이……."

당가 고수가 부러진 손가락을 이로 물어 끊어 버리곤 쌍장을 뻗었다.

장력과 함께 누런 분말이 함께 쏘아졌다.

범곤이 외발로 서서 다른 발을 허공에 차 바람을 일으켰다. 당가 고수가 장을 옆으로 뒤틀었다. 범곤에게 날아가던 분말이 휘어지며 팍, 하고 터졌다. 공중에서 퍼진 분말이 범곤을 뒤덮었다. 빗물에 섞인 분말이 범곤의 몸에 묻었다. 한데 독분은 물에 씻겨 나가지 않고 오히려 끈적하게 들러붙었다.

범곤이 손을 대었다가 떼니 아교처럼 끈덕거렸다.

"이 귀찮은 건 무엇인고?"

당가 고수가 말했다.

"본 가에는 여러 종류의 독이 있지. 그중에는 아교처럼 들러붙어 떨어지지 않는 독도 있다."

범곤이 코웃음을 쳤다.

"이까짓 독으로 노납을 막을 수 있겠느냐?"

당가 고수가 끊어진 손가락을 지혈하며 되물었다.

"독에 대한 대비를 하였는가?"

"아니할 말인가? 당가에 오며 그만한 대비도 없었을까."

"저런…… 그렇다면 유일한 살길마저 사라진 셈이로군."

"무엇이?"

그 순간 범곤은 머리가 핑 돌고 시야가 컴컴해지는 걸 깨달았다. 아랫배가 극심하게 당겼다.

범곤은 아까 이미 피독단을 삼킨 바 있다.

그런데 어째서 중독 증세가!

*   *   *

소림승들이 사방으로 퍼져 당가대원을 부수는 가운데, 범해는 처음처럼 가운데 길로 계속해서 이동하고 있었다.

조용히, 뒤뜰이라도 걷듯 반장을 한 채 걸음을 옮긴다. 주변의 소란이 전혀 들리지 않는 것처럼.

높은 담벼락이 앞을 가로막았다.

범해는 주먹을 뒤로 젖혔다가 그대로 담벼락에 꽂아 넣었다.

쩌억!

범해의 주먹에서부터 시작된 균열이 순식간에 담벼락 전체로 퍼져 나가며 벽을 한꺼번에 무너뜨렸다.

쿠르르르르.

한데 이번엔 여태껏과는 좀 달랐다.

담벼락을 쌓은 흙이 무너지고 안에 채워진 자갈들이 쏟아져 내렸는데 벽 자체의 구조는 여전히 남아 있었다. 안에 손가락 두께의 철골들이 복잡하게 엉켜 있어서 단단히 틀을 유지하고 있었다.

범해는 손을 들었다가 손날로 철골을 내려쳤다.

콰앙!

철골이 엿가락처럼 휘어졌다. 그러나 끊어지지는 않았다. 이 역시 일반적인 철골은 아닌 듯했다. 범해는 다시 손을 들어 철골을 후려쳤다.

콰아악! 철골은 여전히 끊어지지 않았으나 대신 철골을 붙들고 있던 좌우의 벽이 모조리 무너졌다.

와르르륵.

철골 구조물도 함께 쓰러지고 앞이 트였다.

한데 그 앞에 자그마한 인영이 서 있었다.

"무식한 중놈들 같으니."

자그마한 체구의 노인이었다. 비를 맞아 머리칼이 푹 내려앉아 얼굴을 가리고 있었다.

범해가 부서진 담벼락과 철골 구조물을 밟고 올라서서 노인을 내려다보았다.

"누구냐."

노인이 입을 비틀었다.

"소림사 중들이 철거에는 타고났어. 삼 할을 보고 나왔는데 그새 더 부숴 놨군."

"누구냐."

하지만 노인은 딴말을 했다.

"불이라도 낼까 했는데 비가 그치지 않아 걱정이던 차에 이 정도로 활약해 주면 나야 감사하지."

범해가 노인을 노려보며 거침없이 걸음을 옮겼다.

노인의 앞까지 걸어가서는 손을 들었다. 노인은 겨우 범해의 허리 중간까지밖에 오지 않았다. 범해가 노인을 주먹으로 내려쳤다.

노인은 뒷짐을 지고 있다가 손바닥으로 범해의 손을 마주했다.

턱.

내공이 잔뜩 실려 있을 텐데 의외로 큰 반동 없이 손을 내밀고 받은 모양새였다.

그러나 그것도 잠시.

퍼― 엉―!

엄청난 기의 파동이 두 사람을 중심으로 퍼져 나갔다. 쏟아지던 모든 빗방울과 주변의 물웅덩이, 그리고 진흙들마저도 두 사람의 주위에서 완전히 밀려 나갔다.

두 사람의 의복에서도 물기가 완전히 사라져서 순식간에 바싹 말라 버렸다. 노인의 머리카락은 벼락이라도 맞은 것처럼 사방으로 뻗쳤다.

기의 파동이 사라지고 난 후 계속해서 내리는 비로 인해 마른 옷들이 다시 젖어 들고 삐죽 솟았던 노인의 머리카락도 젖으면서 축 늘어졌다.

범해는 사나운 얼굴 그대로 다시 손을 들었다. 이번에는 손날로 노인을 내려쳤다.

노인은 손을 살짝 움직여 머리 위로 떨어지는 손날을 막았다.

이번에도 잠깐의 뒤에 기의 폭발이 일었다.

퍼— 엉!

노인의 머리에서부터 몸의 물기가 발까지 쭉 밀려 나가며 발밑이 터져 나갔다.

범해가 연신 노인의 머리를 쳤다.

펑! 퍼엉!

손바닥으로 막고 있는 노인의 몸뚱이는 멀쩡한데 아래 땅이 계속해서 터지며 팼다. 딛고 있는 흙이 터져 나가 구덩이가 생겼다. 구덩이가 깊어지며 노인의 몸이 조금씩 내려가고 있었다.

펑펑펑!

흙더미들이 터지며 사방에 비산했다.

노인은 거의 앞이 보이지 않을 정도로 땅에 파묻혔다.

범해는 무릎까지 꿇고 계속해서 아래로 주먹질을 거듭했다.

퍼퍼퍼펑!

이제 노인은 뒤에서 보면 땅에 완전히 파묻혀 보이지도 않았다. 위로 뻗은 손만 보였다.

범해가 몸을 일으켰다.

그러곤 노인이 위로 치켜든 손바닥을 꾹 밟고 노인을 넘어갔다.

마치 아무 일도 없었다는 것처럼.

노인을 넘어서 갈 길을 갔다.

따끔!

순간, 갑자기 범해는 등허리에서 통증을 느꼈다.

아무런 소리도 소음도 없었다.

범해가 인상을 쓰며 등 뒤로 손을 옮겨 통증을 안긴 암기를 찾았다. 그러나 손에 닿는 순간 부스러져서 무엇인지 알 수가 없었다.

범해는 천천히 돌아섰다.

어느새 구덩이에서 기어 나온 노인이 범해를 바라보며 서 있었다.

노인은 비에 젖어서 얼굴을 가리고 있던 머리를 쓸어 넘겼다. 보통 사람보다 눈이 훨씬 작고 동그래서 점을 찍은 듯했다. 그리고 무엇보다 입이 귓바퀴에 닿을 정도로 길게 찢어져 있어 괴기스러워 보였다.

작은 눈을 동그랗게 뜨고 찢어진 입을 더욱 찢어 웃으며 노인, 염왕 당청이 말했다.

"고약한 중놈. 내가 누군지 알면서 감히 더러운 흙발로 내 머리를 넘어가?"

범해는 서늘한 눈으로 당청을 쳐다보더니 입을 열었다.

"염왕."

"그래. 내가 염왕이다."

범해가 소매에서 당청의 친서를 꺼내 들었다.

"그대가 쓴 조건이 무엇인지 기억하는가?"

"투항의 대가로 나의 목을 받으러 왔다지?"

"처음부터 투항할 생각이 없었구나."

범해가 당청을 노려보더니 친서를 찢어발겼다.

쫘악! 쫙!

당청이 웃어 댔다.

"낄낄낄! 알면서 굳이 확인하고 싶었느냐? 아무짝에도 쓸모없는 서신을 예까지 귀히 모셔 오느라 고생하였다!"

"염왕. 그대가 본사를 기만한 죄는 가볍지 않다. 그대는 물론이거니와 당가의 모든 이들이 대가를 치르게 될 것이니라."

"그것 아는가? 내원은 외원보다 더 단단하고 복잡하며 온갖 기관 장치가 되어 있느니라. 외원과는 딴판이지. 그런데 내가 왜 여기까지 마중을 나왔을까?"

"내원이든 외원이든, 당가대원은 오늘 폐허만 남게 될 것이다."

당청이 비웃으며 물었다.

"법명은?"

"범해."

"범해라면 무적자(無敵者) 희능의 제자로군. 희능 본인이 와도 모자랄 판에 감히 그 제자로 나 염왕을 상대하려느냐?"

범해가 서릿발 같은 눈으로 당청을 노려보며 다시 그에게로 성큼 다가섰다.

순간 당청의 눈이 번뜩였다.

당청의 몸이 흐릿해지며 혹 꺼지듯 뒤로 이동했다.

범해가 발을 굴러 바닥을 찍었다. 쾅! 범해의 몸도 똑같이 흐릿해지며 순식간에 당청의 앞으로 다가섰다.

당청의 바로 앞에 나타난 범해의 인영이 순식간에 다섯 번의 주먹질을 해 댔다.

훅훅훅!

당청의 머리카락이 사자의 갈기처럼 곤두섰다. 당청은 빠르게 머리칼을 손으로 훑더니 범해의 주먹질에 맞추어 손을 뻗었다.

타탓.

당청이 뒤로 뛰어 착지하고 범해도 뒤로 두 걸음을 물러나 멈춰 섰다.

범해가 자신의 손을 들어 보았다. 양쪽 주먹에 모두 다섯 가닥의 뻣뻣한 머리카락이 박혀 있었다. 힘을 주었지만 굽어진 주먹이 펴지지 않았다. 주먹이 의도하지 않았는데도 덜덜 떨렸다. 떨리는 주먹끼리 부딪쳐 문지르자 머리카락이 부서져서 흩어졌다. 등에 박힌 것도 머리카락이었던 모양이었다.

범해는 주먹에 박힌 머리카락을 모두 흩어 내고 힘껏 박수를 쳤다.

짜악!

굳은 손이 풀리며 손가락을 자유로이 움직일 수 있게 되었다. 하나 머리카락이 꽂힌 부분이 퍼렇게 멍든 것처럼 변색되어 있었다.

당청이 낄낄댔다.

"방금의 머리카락에는 독이 있다. 참고로 말해 주자면 그 독은 간심비폐신의 오장을 상하게 만드는 효과가 있느니라. 내장이 모두 갈라지고 구멍이 나 피를 흘리다가 끝내 내장에 피가 가득 차서 죽게 되지."

범해의 한쪽 입술 끝이 슬쩍 올라갔다.

방금 당청이 말한 효과에 대한 독에 대해서는 이미 충분히 대비하였던 것이다.

범해가 품에서 작은 갑을 꺼냈다. 그러곤 갑에서 환단을 꺼내며 말했다.

"매우 심한 극독인가 보군."

"그렇지. 아마 본 적이 있을 게야. 최근에 멸마승이 여남의 객잔에서 중독된 적이 있을 거거든?"

범해가 환단을 입에 넣으려다가 멈칫했다.

"굉장히 놀랐겠지. 멸마승처럼 내공이 깊은 초고수가 뭔 이상한 독에 중독이 되어 왔으니. 당연한 게야. 내가 수십 년간 심혈을 기울여서 만들어 낸 독이니까."

당청이 턱짓으로 범해가 손에 쥔 환단을 가리키며 말했다.

"그거 범천색용단(梵天色鎔丹)이지?"

범해가 당청을 빤히 쳐다보았다.

범천색용단은 귀한 환단이지만 자주 쓰이지 않아 소림사 내에서도 모르는 이들이 많다.

그런데 당청이 이 피독단을 알고 있단 말인가?

"범천색용단은 간장을 최우선적으로 보호하여 독기 대항력을 높이고 나머지 장기에 스며드는 독을 막는 효능이 있지. 내공이 깊은 자들이 복용하면 후독(後毒)을 배출하는 데 아주 효과가 좋아. 그래서 피독제로도 쓰는 소림사의 최고 강장제(强壯劑) 중 하나지."

후독은 여독, 곧 몸에 남은 독이다. 범천색용단은 내부 장기를 집중적으로 보호하여 생명력을 보존하고, 독기를 최대한으로 빠르게 배출함으로써 원상 회복력을 높이는 강장제다.

"십 년 전에 독문 혈사가 일어났을 때 삼백 알가량을 대량으로 제조해서 재고를 쌓아 두었다지, 아마."

범해의 올라갔던 입꼬리가 내려갔다. 이제 범해는 웃을 수 없었다. 범천색용단의 제조 날짜와 숫자까지 알고 있다고 말한 건 괜히 하는 말이 아닐 터였다.

"아마 멸마승 무각도 범천색용단을 복용하고 상세가 크게 호전되었겠지. 그러니까 석금강에게 범천색용단을 들려

보냈을 것이야. 그거면 어쨌든 어지간한 독은 모두 물려 낼 수 있으니까."

당청이 범해를 바라보았다.

"자, 그럼 질문이다."

당청이 입을 귀까지 찢어 웃으면서 물었다.

"내가 소림사에서 석금강들이 출발한 소식을 들었을 때, 범천색용단 정도는 당연히 소지하고 올 거라 생각했을까…… 아니면 모르고 있었을까?"

범해의 얼굴은 완전히 굳었다.

당청이 시시덕대며 소리쳤다.

"내 장담하지! 범천색용단을 복용한 뒤에도 내공을 쓸 때마다 아랫배가 아프면서 내공에 독기가 더 심하게 들러붙을 게야. 애초에 소림사 중놈들에게 쓸 독은 소림사의 연단법에 쓰이는 재료에 상성을 가지도록 만들었거든. 그래서 내공을 쓰면 쓸수록 오히려 독이 왕성하게 전신으로 퍼져서 죽게 되는 것이야!"

범해가 이를 갈며 물었다.

"우리가 범천색용단을 준비하지 않았다면 어찌하려 했지?"

"오늘 한 일 중에 가장 바보 같은 물음이로군! 범천색용단을 먹어도, 먹지 않아도!"

당청의 작은 눈이 크게 떠졌다.

어 차 피 죽 는 다.

당청이 눈을 치켜뜨고 웃으며 소리쳤다.

"무적자 희능! 역근세수경을 익혔지? 그럼 그 제자인 범해 너 또한 마찬가지일 터. 이히히히히! 이히히히히! 와 줘서 고맙다. 좋은 실험이 되겠구나!"

범해의 표정이 무섭도록 일그러졌다.

범해는 환단을 바닥에 버렸다. 발로 밟아서 짓이겨 버렸다.

범해는 말없이 내공을 최대로 끌어 올렸다. 금란가사가 팽팽하게 부풀어 오르고 정수리에 불그스름한 기운이 모였다. 눈가에 황금빛이 어렸다.

당청이 한 뼘가량 되는 흰 머리카락을 한 오라기 뽑았다.

내공이 주입된 머리카락이 바늘처럼 빳빳하게 섰다.

"한 번만 막아라. 그러면 내 목을 주마."

당청은 비수를 날리듯 가볍게 팔을 휘저었다. 머리카락이 공중에 둥 뜨더니 범해의 미간을 향해 빛살처럼 날아갔다.

당가의 암기술 섬절이다.

범해는 금란철주를 일으켜 양팔을 앞으로 교차시켰다.

머리카락은 소리도 없이, 아무런 느낌도 없이 금란철주를 파고들었다.

한낱 머리카락이라고 하기에는 믿을 수 없이 강력했다.

금란철주가 깃든 옷자락을 파고든 머리카락이 범해의 왼손 팔뚝을 꿰뚫었다. 그리고 다시 한번 가로막힌 옷자락을 뚫고 오른손 손바닥에 박혔다. 그러고도 멈추지 않았다.

오른손 손바닥마저 물을 통과하듯 뚫고 지나갔다.

그러곤 부릅뜨고 있는 범해의 오른쪽 눈 동공에 꽂혔다.

범해의 상체가 뒤로 크게 휘어지며 몸을 휘청거렸다. 눈을 감싸고 뒤로 몇 걸음이나 물러나다가 무릎을 꿇었다.

당청이 범해를 비웃었다.

"이히히히! 이— 히히히히히! 막긴 왜 막아. 피했어야지, 멍청아!"

범해가 오른쪽 눈을 가리고 당청을 쳐다보며 이를 빠득 갈았다.

당청은 광기라도 들린 것처럼 웃었다.

"내가 강호를 먹고 본 가를 천하제일로 세우겠다고 결심했을 때! 그때 가장 눈에 거슬렸던 것이 너희 소림사니라. 그리하여 암기를 모조리 튕겨 내 버리는 그 망할 놈의 금란철주를 뚫을 방법을 고심하고 또 고심했지!"

우드드득. 이번에 이를 간 것은 당청이었다.

"봐라. 이제 그 결과를."

그러더니 당청은 머리카락을 한 움큼이나 더 뽑았다. 범해가 땅을 박차고 성난 호랑이처럼 당청에게 달려들었다.

"크아아아아!"

＊　　　＊　　　＊

믿기 어려운 소식이 강호 무림을 강타했다.

오래된 장마로 홍수가 범람하여 길이 끊기고 곳곳에 관로가 막혀 있는데도 불구하고, 그 소식은 사람들의 입소문을 타며 전 중원에 퍼졌다.

소림사가 사천 당가대원으로 보낸 석금강 열여덟 명에 대한 소문.

석금강들이 요새와도 같은 당가대원의 외원 삼 할을 전폐(全廢)시키고…… 모두 전멸했다……!

第六章

난공불락

　사천에 진입 직전.

　거사를 며칠 앞두고 진자강을 비롯한 독문 삼벌의 수장들이 한자리에 모였다.

　작은 사당에서 모닥불을 피운 채 진자강까지 네 명이 둘러앉았다.

　하지만 모두가 어두운 표정이었다.

　나살돈의 천면범도 노관이 말했다.

　"열다섯. 그중 일급 살수가 셋."

　환락천의 홍화선자 육하선도 말을 받아 이었다.

　"우리 쪽은 백오십. 거기서 일류인 아이들이 열둘."

매광공부의 갱장 탑탁연도 말했다.

"우리는 스물일곱 모두가 정예다. 그럼 직접적으로 염왕과 싸울 수 있는 숫자는 독룡과 여기 있는 우리 모두를 더해도 마흔여섯."

침묵이 잠시 이어졌다.

육하선이 비어 있는 다리 쪽의 골반을 주무르며 말했다.

"가능할까?"

아무도 대답하지 못했다.

고수 마흔여섯이 염왕 당청 한 명과 싸운대도 승부를 감당하기 어려운 게 현실이었다.

탑탁연이 귀를 펄럭이며 다른 화제를 꺼냈다.

"세간에서는 이번 소림사의 석금강 사건으로 누가 더 센가 말이 많더군."

육하선이 말했다.

"당가는 사천의 터줏대감이지. 소림사가 실패한 것에 의문을 가지는 이들도 있으나, 당가의 피해가 생각보다 크다고 생각하는 쪽도 많네."

"독과 암기와 함정으로 가득한 당가의 안방으로 쳐들어가 수십 채의 집채를 부수고 오백 명을 넘게 죽였으니, 그럴 만도 하지."

"하지만 우리는 안다. 석금강들은 내원을 구경도 못 했다는 것의 의미를. 또한 염왕이 공들여 지은 당가대원을 삼 할이나 부술 때까지 내버려 둘 정도로 그렇게 호락호락한 인물이 아니라는 것 또한."

"어차피 대중들은 석금강의 존재를 몰라. 섭수종에 가려져서 그들이 얼마나 강력한 무력이었는지 드러난 적이 없으니까."

노관도 인정했다.

"당가의 내부 정보를 확인한바, 죽은 이들 중에도 고수는 거의 섞이지 않았다. 염왕이 외원의 전각 삼 할과 가신 무사 수백 명을 내주고 일부러 세간의 이목을 속였어."

탑탁연이 말했다.

"염왕이 전혀 피해 없이 석금강을 몰아냈다면 당가는 엄청난 이목을 끌었을 것이다. 하나 일부러 피해를 입어 사람들이 헷갈리게 만들었지. 또한 소림승들을 모두 죽임으로써 당가가 소림사보다는 약해 보이지만 그래도 얕볼 만한 곳이 아니다, 라는 평을 듣게 됐다."

육하선이 젖은 종이 한 장을 내밀었다.

"이것은 소림사의 석금강을 물리친 후 염왕이 직접 작성하여 강호에 던진 포고장일세."

여기 있는 이들은 진자강만 제외하고 모두 포고장의 내용을 알고 있었다.

진자강이 포고문을 받아 읽었다.

　우리 당문은 그 어떤 압제에도 굴하지 않고 굳건히
사천을 지켜 나갈 것이다.

진자강은 포고문을 읽고 극히 감탄했다.

"역시 염왕입니다."

고작 한 줄뿐인 이 포고문에는 엄청난 의미들이 담겨 있
었다.

탑탁연이 물었다.

"포고문에 숨겨진 염왕의 뜻을 알아보았나?"

"그렇습니다."

진자강이 말했다.

"첫째는 당문."

염왕이 당가 혹은 당가대원이라는 말 대신 굳이 당문(唐
門)이란 표현을 쓴 것이었다.

삼류 문파가 스스로를 문(門)이라 명명하고 부르는 것과
는 의미가 다르다. 무당파조차도 무당문이 아니라 도가의
한 유파(流派)라는 의미에서 스스로를 무당파로 부르고 있
는 것이다.

따라서 스스로 일가를 이루고 조종(祖宗)이 된 경우에만

강호에서 제대로 된 일문으로 인정받을 수 있다. 그리고 조종으로서 수많은 유파를 파생시킬 수 있었다.

당가가 스스로를 당문으로 부른다. 그것은 곧, 독문 중의 유일한 일문(一門)이 되겠다는 야심을 담은 표현인 것이다!

무림세가인 당가를 벗어나 문파로서의 당문으로 승격시키는 것은 당가의 오랜 숙원이었다. 그의 속내가 마침내 이렇게 세상에 드러나게 되었다.

"둘째는 압제."

또한, 당청은 소림사를 압제로 규정함으로써 자신들을 피해자처럼 말하고 있었다. 포고문의 내용을 무심코 받아들인다면 저도 모르게 당가를 좋은 쪽으로, 소림사를 힘만 앞세운 폭군으로 생각하기 십상이었다.

"셋째는 사천!"

그뿐만이 아니었다.

'사천을 지켜 나갈 것이다.'라는 말. 이것은 그야말로 당청이 강호에 던진 승부수이자 이 포고문의 최대 함정이었다.

당청은 홍수를 이용해 강호에 역병을 불러일으키고, 그로 인해 당가의 세를 불릴 작정을 하고 있었다.

그런데, 사천을 지켜 나가겠다고 하여 사천 밖으로 나갈 뜻이 없는 척하고 있다. 언뜻, 당가는 사천을 지키는 데에만 전력을 다할 것처럼 보이는 것이다.

"넷째는 소림사!"

그러므로 이제 사람들의 눈과 귀는 당가를 떠나 소림사로 향할 것이다. 당가는 사천을 지키겠다고 입장을 밝혔으니, 석금강이 모두 죽은 상황인 소림사가 어떤 대응을 할지 궁금해하지 않을 수가 없게 된다.

즉, 당가는 논란의 중심에서 비켜나고 사람들의 이목을 다른 데로 쏠리게 만든 것이다.

염왕이 세상을 향해 던진 한 장의 포고문.

겨우 한 문장일 뿐이지만 그 안에 숨겨진 염왕의 야심.

고도로 계산된 단어와 문장.

소름이 끼칠 정도였다.

이것은 외려 이들이 상대해야 할 괴물의 힘이 그만큼 강력하다는 방증이었다.

하나 독문 삼벌의 수장들의 눈엔 염왕의 속셈을 바로 알아챈 진자강 또한 만만치 않게 보였다.

탑탁연도 혀를 내두르고 말았다.

"대단하군."

노관과 육하선도 고개를 끄덕였다.

당청이 탐내는 이유가 있다.

만일 누군가 당청의 자리를 대신해야 한다면 그게 가능한 이는 독룡 진자강뿐일 것이다.

"이쯤 되면 독룡을 끌어들인 게 미안해질 정도야."

가만히만 있어도 염왕의 후계자가 될 수 있는데, 굳이 반역을 일으켜야 할 필요가 있는가 생각될 지경인 것이다.

탑탁연의 말에 진자강이 무덤덤하게 대답했다.

"그런 것 같습니다."

독문 삼벌의 세 수장들이 당황해서 진자강을 쳐다보았다.

빈말을 던졌더니 기다렸다는 듯이 냉큼 받아먹을 줄은 몰랐던 것이다.

"지금 그게 무슨 뜻으로 한 말인가?"

진자강이 그들을 차례로 돌아보며 말했다.

"이번 거사는 실패했습니다."

분위기가 싸늘해졌다.

나살돈의 노관이 인상을 썼다.

"이제 와 포기한다고 염왕이 우리를 봐줄 것 같나? 염왕이 우리의 행동을 예측하지 못했으리란 법은 없다. 하지만 소림사에 신경 쓰느라 의외로 몰랐을 가능성도 배제하기 어렵지. 만일 그렇다면 우리에게는 천재일우의 기회가……."

"성공할 수 없습니다."

진자강의 단호한 대답에 세 수장들의 얼굴이 굳었다.

"어째서?"

"명분이 없습니다."

진자강이 설명했다.

"거사의 명분을 잊었습니까? 잇따른 계획의 실패가 염왕을 축출하는 이유였습니다."

"그랬지."

"하지만 염왕은 석금강을 보기 좋게 물리쳐 냈습니다. 심지어 죽은 이들이 모두 당가의 혈족이 아니라 가신 무사뿐이라면, 우리의 명분은 더더욱 당가 혈족의 지지를 받지 못하게 됩니다."

세 수장들이 그제야 아차 싶은 표정을 지었다.

염왕 당청을 죽이는 데 성공한다 해도 명분을 가지지 못하면 당가 내부의 지지를 얻을 수 없다. 오히려 이를 빌미로 삼벌을 토벌하자는 얘기가 나올 수도 있었다.

탑탁연이 말했다.

"그러나 우리도 물러설 수 없다. 이번 기회를 넘기면 다음엔 우리가 숙청되고 우리 조직은 모두 당가에 흡수될 것이다."

"알고 있습니다."

육하선이 최근 들어 가장 날카로운 어투로 물었다.

"그러면 어쩌자는 거지? 그저 실패한다고만 말하면 그걸로 끝인가? 거사를 포기하면 이후에 어떻게 해야 할지 대안을 내놓아야 할 게 아닌가."

"아니. 실패한다고 했지 포기하자고 하진 않았습니다. 회의 일정은 그대로 진행되어야 합니다."

"뭐?"

"회의를 중도에 포기한다는 건 이쪽이 회의를 이용해 일을 벌이려 했다는 속내를 전부 보이는 셈이 됩니다."

"회의를 그대로 진행하면 다 죽게 되는데도?"

"회의 참가를 포기하겠다면 지금 당장 달아나서 평생 염왕을 피해 숨어 살아야 할 겁니다. 그것까지는 말리지 않겠습니다."

세 수장들의 얼굴에 노기가 깃들었다.

"우리를 너무 우습게 보는군."

"자네가 무슨 생각인지 몰라도, 우릴 장기판의 졸로 생각하는 건 매우 불쾌해."

"이쪽은 이미 목숨을 걸었다. 다만 돌보아야 할 식솔들 때문에 섣불리 행동하기 어려울 뿐이야."

세 수장 모두 고수들이라 분위기가 험악해지니 내공이 절로 일어나 작은 사당이 들썩거리기 시작했다.

하지만 진자강은 내내 담담한 표정으로 확인하듯 되물었다.

"정말로 목숨을 건 게 맞습니까?"

탑탁연의 귀가 새빨개졌다.

"우릴 시험하는 건가?"

순간 진자강의 몸에서 폭발적인 기세가 뿜어졌다.

탑탁연과 노관, 육하선이 흠칫 놀랐다. 그것은 한없이 뜨겁고 열정적인 기운이었다. 그러면서도 눈빛은 한없이 차갑고 표정은 냉철했다. 눈을 바라보고 있으면 빨려 들어가서 온몸이 얼어붙을 것 같은 착각마저 들었다.

육하선은 으스러진 다리가 욱신거려서 자기도 모르게 진자강의 눈을 보지 못하고 아래로 살짝 시선을 내리깔았다.

실로 대단한 위압감이었다.

'야수? 아니다. 이건 야생의 맹수 정도가 뿜어내는 기세가 아냐.'

탑탁연과 노관도 마찬가지였다.

'이것은 마치……'

'염왕을 눈앞에 두었을 때와 같은 느낌의……!'

관살기!

살기다. 진자강이 살기를 뿌리고 있는 것이다!

"이런!"

"어디서 감히 살기를!"

세 수장은 기세에서 밀리지 않기 위해 내공을 끌어 올렸으나, 허사였다. 어깨가 움츠러들고 손끝이 떨렸다. 희한하게도 이것은 내공으로 쉬이 대항할 수 없는 무게감을 가진 살기였다.

진자강이 냉기가 풀풀 날리는 목소리로 물었다.

"한 번 더 확인하겠습니다. 목숨을 건 게 맞습니까?"

세 수장은 죽음의 공포를 느꼈다.

잘못 대답하면 죽는다!

세 수장 모두가 어이없었다. 진자강은 도대체 이들에게 무엇을 요구하고 있는 것인가!

육하선이 입술을 깨물어 피를 낸 후 먼저 대답했다.

"그렇다."

노관과 탑탁연도 차례로 답했다.

"우리의 결심에는 한 치의 거짓도 없다!"

진자강이 고개를 끄덕였다.

"좋습니다. 그럼 세 분은 내게 목숨을 맡기십시오."

세 수장들이 이를 악물고 진자강을 쳐다보았다. 자꾸만 시선이 아래로 가는 걸 억지로 눌러 진자강의 눈을 보려 애썼다. 그러나 진자강의 싸늘한 눈빛이 닿을 때마다 등줄기에 소름이 끼쳤다.

진자강이 말을 이었다.

"대신, 세 분이 보살펴야 할 식솔들은 내가 거두겠습니다."

말 한 마디 한 마디에 굉장한 무게가 실려 있었다.

목숨을 맡는다는 것, 그리고 그 후사를 책임지겠다는 건 보통 일이 아니다. 일이 잘못되어 식솔들이 상하기라도 한다면 그들을 대신해서 평생 원수를 갚아야 하는 일인 것이다.

순간, 노관은 깨달았다.

"잠시 잊었군. 독룡이 어떻게 여기까지 왔는지."

약문의 원수를 갚기 위해서다.

한낱 변방에 불과한 운남에서부터 지금에 이르기까지 이어 온 진자강의 행보는 모두 그 때문이었다.

그러니 신뢰하지 않을 수가 없다.

독룡은 한번 내뱉은 말이라면 반드시 지킬 것이다.

노관이 먼저 답했다.

"나는 이미 목숨을 맡기기로 말한 바 있다. 굳이 물을 필요도 없다."

육하선도 눈을 감고 대답했다.

"그리하겠네."

탑탁연은 잠시 고민했다. 귀를 매만지며 물었다.

"염왕이라는 호랑이를 밀어내고자 했더니 용이 들어섰군. 한 가지만 묻겠다. 이렇게까지 하는 이유가 뭐지?"

진자강이 답했다.

"지금의 염왕은 난공불락입니다. 이 정도로 하지 않으면 염왕을 잡을 수 없습니다."

틀린 말이 아니다. 석금강을 물리치고 포고문 한 장으로 강호를 속인 염왕 당청을 상대로 어설픈 짓은 통하지 않는다.

탑탁연이 이를 빠득 씹었다.

"제길. 어디 뜻대로 해 봐라! 여기까지 와서 무얼 망설이겠는가!"

진자강의 눈빛에서 시린 광채가 뿜어졌다.

"좋습니다. 이제 세 분의 목숨은 제가 맡았습니다. 그리고, 그 대가로 염왕은 당가의 주인 자리를 내놓아야 할 것입니다."

                    *   *   *

"유의해야 할 인물이 있네."

떠나기 전, 육하선이 주의를 주었다.

"이번 석금강과의 싸움에서 가장 뛰어난 활약을 보인 것이 탈혼방주 당상율이란 자일세. 자그마치 석금강 네 명의 목을 땄지."

당상율이란 이름은 이미 진자강의 뇌리에 기억되어 있다.

탈혼사의 원래 주인.

"누군지 압니다. 그리고 받아야 할 빚도 있지요."

지금의 탈혼사를 수리해 준 번우라는 장인의 두 다리에 대한 빚이다.

"안다니 다행이군. 탈혼방주는 마흔 후반에 이미 차기 가주의 물망에 오른 자일세. 그가 다소의 무리를 하면서까지 실력 발휘를 한 것에는…… 아무래도 독룡 그대를 의식한 탓이 크겠지. 염왕이 그대를 후계로 점찍었으니까."

"그렇군요."

"그런데 묘한 것은, 탈혼방주가 염왕이 아니라 현 가주인 이화부인 쪽 사람이라는 것이야."

진자강도 기억이 난다. 지하절옥의 앞에서 당상율은 염왕이 아니라 유독 당귀옥의 곁을 지켰고, 당귀옥의 명에 따라 움직였다.

"그자가 어떤 식으로든 개입하여 자네 일을 방해하거나 해코지를 할 수 있으니 필히 염두에 두게."

"알겠습니다."

진자강은 세 수장들을 두고 먼저 떠났다.

*　　*　　*

턱.

진자강은 빗속을 걸어가다가 멈춰 섰다.

뒤에서 따라오던 발걸음도 멈췄다.

"이젠 따라오지 않아도 됩니다."

"……."

영귀는 한참이나 뒤에 입을 열었다.

"자세한 얘기는 듣지 못했어. 하지만…… 이렇게 당신을
보내는 건 옳지 않다고 생각해."

"옳고 그른 일이 아닙니다. 살기 위해 가는 길이니까."

"하지만……!"

진자강은 영귀에게 고개를 끄덕여 보였다.

"걱정 마십시오. 죽지 않습니다."

영귀는 무겁게 입을 열었다.

"그래…… 당신이라면 어떻게든 살아오겠지. 몸조심
해."

"그럼."

가벼운 인사를 던진 진자강은 가던 길을 재촉해서 가 버
렸다.

그 진자강의 뒷모습을 영귀는 하염없이 바라보았다.

그러다가 조용히 읊조렸다.

"죽을까 봐서가 아닌데. 거기에…… 당신의 부인이 있으
니까…… 그래서인데……."

영귀는 차마 말을 끝맺지 못하고 입을 다물었다.

쏴아아아.

빗줄기가, 이제야 멈추려는지 조금은 가늘어진 듯하였
다…….

                    *   *   *

진자강은 숨어서 이동하지 않고 당당하게 모습을 드러낸
채로 대로를 걸었다.

폭우는 어느 정도 줄었지만, 사천도 홍수의 영향을 피하
지는 못했다. 가는 도중에도 곳곳에서 피해를 입은 상황들
이 보였다.

강이 크게 범람하여 멀쩡하던 마을이 물에 잠기고, 논밭
의 작물도 모조리 쓸려 나갔다. 세차게 휘몰아치는 강에는
가재도구며 부서진 집들, 죽은 짐승의 시체들까지도 섞여
서 흘렀다.

세상이 온통 희뿌연 물안개와 황톳빛 흙탕물만으로 물들
어 있는 것 같았다.

집을 잃은 가난한 이들은 곳곳에 모여 얼기설기 지은 움막에서 거주하고 있었다.

사람들이 밀집해 있는 곳에 이르자 곳곳에서 기침을 하는 소리가 들려왔다.

콜록콜록.

거의 보름 이상을 습한 날씨 속에서 젖어 있다 보니 감기에 걸린 이들이 생겨났다. 기껏 장작을 주워 와도 젖어 있어서 제대로 타지 않고 매캐한 연기만 피워 냈다.

어른들은 남자 여자 할 것 없이 먹을 걸 구하기 위해 비를 맞으며 다니고 있었다. 쓸려 가는 죽은 가축을 건지려 애쓰고, 그 와중에 그물을 던져 물고기를 낚으려는 이들도 있었다. 발을 조금만 헛디뎌도 강물에 휩쓸려 죽을 수 있었으나, 먹을 것이 없으니 어쩔 수 없었다.

아이들도 마찬가지였다. 물 천지가 된 들판을 돌아다니며 진흙 범벅이 된 채로 토구(土狗)라고 불리는 땅강아지를 잡고 있었다. 장마가 끝 무렵에 이르며 땅강아지나 물방개가 사방에 천지였다.

하지만 당분간이야 그것들을 잡아먹으며 버틴다 해도 곧날이 찌는 듯 더워지며 폭염이 찾아오면 금세 찾기가 어려워질 터.

그때가 바로 최악의 곤궁기가 될 것이었다.

진자강이 그들을 지나가자 몇몇이 다가와 손을 내밀며 구걸했다.

어른일 경우에는 무시할 수 있었지만, 추위에 파래진 입술을 달달 떨면서 손을 내미는 아이들은 무시할 수 없었다.

겨우 하루도 지나지 않아 진자강은 가지고 있던 건량을 모두 나눠 주고 말았다.

성도에 가까워질수록 빗줄기가 잦아들었다. 비가 오는 때도 많이 줄었다.

그러나 그것이 더 문제가 되고 있었다.

먹을 물을 구하기가 힘들어졌다.

우물은 토사로 뒤덮이거나 빗물로 가득 찼고, 비가 내리지 않아 빗물을 받아 마시기도 힘들어졌다.

사람들은 어쩔 수 없이 온갖 시체들과 오물이 둥둥 떠내려오는 강가 근처에서 빨래를 하고 물을 길어다 마시고 있었다. 심지어 위쪽에서는 볼일을 보고 있는데도.

진자강은 근심으로 이마가 찌푸려졌다.

이것이 장마 뒤 홍수로 역병이 도는 근원이다.

온갖 더러운 오물이 강물을 타고 범람하여 삶의 근간을 뒤덮는다. 그 더러운 땅에서 생활하고 오염된 물을 마셔야 한다. 장마로 인해 추웠다가 갑자기 찌는 듯한 더위가 찾아오면 병은 그때부터 더더욱 급속하게 창궐한다.

그러나 홍수 뒤에 찾아오는 이런 상황은 누구나 예측할 수 있는 일일 뿐이다. 염왕 당청은 여기서 어떻게 더 문제를 일으키려는 것인가.

'염왕. 당신은 저 가련한 사람들을 이용해 무슨 짓을 벌이려는 겁니까.'

게다가 그 뒤에 숨은 아귀들의 정체와 목적은 아직도 오리무중이고…….

어깨가 무거워졌다.

진자강은 어두운 표정으로 한참이나 사람들을 바라보다가, 약속 장소로 떠났다.

*　　*　　*

회의가 열릴 곳은 작은 초막(草幕)이었다.

달무리에서 새어 나온 희미한 달빛이 초막의 뚫린 지붕으로 들어와 사위를 겨우 구분할 수 있게 해 주었다.

뚝 뚝. 뚝.

지붕의 틈새로 흘러나온 물방울이 바닥으로 떨어졌다.

진자강은 어둠 속에서 당청을 기다렸다.

스윽.

초막의 거적문을 젖히고 작은 체구의 인물이 들어섰다.

염왕 당청이다.

당청은 진자강의 앞에 털썩 주저앉았다.

흐린 달빛이 당청의 눈에 반사되어 희번덕이며 빛났다.

진자강은 가만히 당청을 응시했다. 당청의 작은 눈도 진자강을 쳐다보았다.

뚝…… 뚝…….

낙숫물의 소리를 제외하고는 작은 숨소리만이 초막 안에 울리고 있었다.

지루한 시간이 흘렀다.

시간이 흘러 달빛도 조금씩 이동했다. 천장에서 새어 들어온 달빛이 벽에서 바닥으로 조금씩 움직였다. 낙숫물이 떨어지며 달빛에 닿을 때마다 달빛이 일순간 눈부시게 산란했다.

반짝……!

반짝!

그리고, 아주 멀리에서부터 희미한 북소리도 들려왔다.

두웅…… 두웅…….

성도에 가까워 시간을 알리는 북소리가 들려오는 모양이었다.

당청이 입을 열었다.

"삼경(三更)이다. 아무래도 나머지 것들은 오지 않을 모양이로구나."

무려 한 시진 만에 처음 내뱉은 말이었다.

당청이 입가에 긴 미소를 지었다.

"어쩌지? 겁쟁이 놈들은 달아났다. 이제 너 혼자서 어쩔 것이냐?"

진자강도 그제야 말을 꺼냈다. 아니, 말을 꺼냈다기보다는 몰랐다는 투로 되물었다.

"아아, 기다리고 계신 거였습니까?"

달빛이 낙숫물에 비추어 반짝거릴 때, 어둠 속에서 일그러지는 염왕의 눈초리가 보였다.

이놈 봐라?

"나를 놀리는 게냐? 다른 놈들을 기다리고 있던 게 아니라고?"

"난 또 하실 말씀이 있는 줄 알았습니다. 진작 말씀하시지 않고."

진자강은 품에서 얇은 나무판 세 장을 꺼내 들었다.

달빛이 희미했지만 당청은 나무판에 쓰인 글씨를 못 알아볼 사람이 아니다.

천면범도 노관과 홍화선자 육하선, 갱장 탑탁연의 지장이 찍혀 있는 나무판이었다.

"얼씨구?"

당청의 입이 비틀렸다.

서명과 피로 찍은 지장.

"연판장(連判狀)이냐?"

당청이 웃었다.

"어쩌라고."

진자강의 눈이 서늘해졌다.

"염왕."

당청의 입과 얼굴과 눈썹이 더욱 비틀렸다. 비웃음을 억지로 참고 있는 투였다.

진자강이 싸늘하게 말했다.

"나살돈! 환락천! 매광공부! 본인은 당 독문 삼벌의 위임을 받아 대리 발의한다."

"낄낄낄!"

당청이 웃었지만 진자강은 개의치 않고 단호하게 외쳤다.

"염왕 당청은 들으시오! 독문 삼벌은 그대가 독문 일파에 심각한 해를 끼친바, 대표의 자리를 몰수하고 당가의 새 대표를 선출하기로 의결하였소!"

진자강이 세 장의 연판장을 염왕의 앞에 툭 던져 놓았다.

당청의 입가가 귀까지 찢어졌다. 작은 눈이 동그랗게 떠졌다.

"그래서?"

"의결을 무시할 셈입니까?"

"내가 왜 그따위 의결을 따라야 하지?"

"독문 육벌의 의결에 따르지 않는 자."

진자강이 말을 내뱉었다.

"즉결 처분으로 알고 있는데."

"그런데?"

"아닙니까?"

"맞아."

당청이 시시덕거렸다.

순간.

뚝.

비 한 방울이 천장에서 흘러 떨어져 내렸다.

새어 들어온 달빛에 부딪혀 번쩍이며 빛을 산란시켰다. 작은 반짝임이었지만 어두컴컴한 실내에서는 그 어떤 빛보다도 밝은 빛이었다.

아주 잠깐이지만 방 안에 있는 진자강과 당청의 동공이 빛으로 가려질 만큼!

순간 진자강은 옥허구광 오뢰합마공을 육광제의 극대로 끌어 올려 움직였다. 한 시진을 넘게 꼼짝도 하지 않고 있던 사람치고는 너무나 재빠른 행동이었다.

진자강은 오른손에 긴 장침 한 자루를 쥔 채로 아래에서부터 위로, 빛이 그려 낸 사각을 이용해 당청의 턱을 찔렀다.

턱!

당청이 왼손으로 진자강의 손목을 잡았다.

둘의 내공이 부딪쳤다.

부우우우욱!

진자강과 당청의 몸에서 막대한 기파(氣波)가 뿜어지며 부풀어 올랐다. 작은 초막의 안이 원형의 구체와도 같은 기파로 가득해졌다. 기파는 초막의 벽과 지붕까지 밀고 한꺼번에 터져 나갔다.

콰— 아— 앙!

초막의 벽과 지붕이 순식간에 산산조각 나며 초막 전체가 날아갔다.

지지직, 지지직!

진자강과 당청의 내공은 아직도 충돌을 거듭하고 있었다. 진자강의 머리카락이 하늘로 뻗치고 당청 역시 머리칼이 사방으로 뻗쳤다.

둘은 눈을 치켜뜨고 계속해서 내공을 뿜어냈다.

그런데도…… 당청은 웃고 있었다. 귀밑까지 찢어진 입이 더 찢어져서 피가 맺혔다. 입꼬리에 맺힌 핏방울이 내공의 기파에 떠밀려서 공중으로 떠올라 뒤로 날려졌다.

진자강은 이를 악물고 온 힘을 다해 당청의 턱에 장침을 밀어 넣고 있었다.

지직, 지직.

장침이 당청의 턱에서 새빨갛게 달아오른 채로 손톱 길이만큼 박혀 있었다. 아니, 자세히 보니 박힌 게 아니었다. 장침의 끝이 구부러져 있었다. 장침을 쥐고 있는 진자강의 손가락이 타면서 살 타는 냄새를 풍겨 냈다.

진자강의 전신에 땀이 흥건해졌다. 당청의 이마에서도 한 줄기 땀방울이 맺혔다.

내공의 격돌이 멈추었다.

진자강이 바로 뒤이어 손을 쓰려는 순간…….

촤아아아아!

수많은 인영들이 사방에서 물밀듯 몰려들었다. 나타난 무인들이 진자강을 향해 창을 들이댔다.

수십 자루가 넘는 창이 진자강에게 들이대졌다. 달빛이 수많은 창날에 반사되어 눈이 부실 정도로 번쩍거렸다.

창들은 머리카락 한 올의 간극도 없이 아예 진자강의 살에 창끝을 찔러 댄 채로 멈추었다. 수십 자루의 창이 진자강의 전신 살갗에 살짝 박혀 있는 것이다.

그렇게 창을 들고 있는 이들이 수백 명이 넘었다.

진자강 한 명에 수백 명이 완전히 밀착하여 창을 들이대고 있었다. 조금씩 창날이 진자강의 몸에 밀려 들어왔다.

찔린 부분에서 흘러나온 실 같은 피가 거미줄처럼 전신을 뒤덮었다.

진자강은 두려워하거나 떨지 않았다. 하지만 온몸이 창날에 찍혀 있어 꼼짝도 할 수가 없었다.

그리고 당청이…… 웃었다.

이히히히! 이— 히히히히히!

역시나 당청은 반란을 예측하고 있었다.

이 정도 수준의 무인들이 매복하고 있었다면 삼벌이 당청을 죽이려 시도했어도 실패했을 터였다.

당청이 한참이나 웃은 후에 말했다.

"매광공부를 이용해 빈의관의 표를 막은 것까지는 좋았다. 하지만 그런 빌미를 제공하면 당연히 의심을 사게 되지. 안 그러냐?"

진자강은 서늘한 눈으로 당청을 내려다보기만 할 뿐, 입을 열지 않았다.

당청이 말했다.

"그러게 왜 욕심을 부려. 그냥 기다리고 있었으면 자연히 네 것이 되었을 것을."

그제야 진자강이 싸늘하게 대답했다.

"세상에 어떤 멍청한 놈이 원수의 자리를 물려받는답니까."

심기가 불편해진 당청은 인상을 썼다.

"원수의 자리를 물려받는 것이 뭐 어때서? 나는 네놈을 위해서라면 내 목을 내어 줄 작정도 했다. 그러면 네놈은 복수를 해서 좋고, 나는 마음에 드는 놈을 후계로 세워 좋고. 피차 서로 좋은 일이 아니었겠느냐. 이미 본 가의 핏줄을 잉태시켜 놓았으니 사실상 너는 본 가의 식구나 마찬가지다."

"억지를 쓰시는군요. 조직 수장의 자리를 물려받는다는 것은 단순한 승계가 아니라 신념을 이어받는 겁니다. 사문을 해친 원수의 신념을 이어받으란 말입니까?"

"허어. 네 나이에 벌써 물려받는 것과 쟁취하는 것의 차이를 안다고?"

당청은 뒷짐을 지고 길게 한탄했다.

"역시 너는 너무 아까운 놈이다. 내 단언하건대, 대업을 벌이기 전에 네놈을 만났다면 대업을 포기하였을 것이다. 이런 귀찮은 짓을 하지 않아도 네놈이 정상적인 방법으로 본 가를 정상에 세울 수 있었을 테니까."

진자강의 눈이 번득였다.

대업.

드디어 당청의 입에서 대업이란 말이 나왔다.

당청은 벽과 지붕이 모조리 날아가 트인 하늘을 보며 말했다.

"아까까지는 우중충하더니 지금은 아주 훤하구나. 젊은 놈은 밝은 데 있어야지 껌껌한 데서 웅크리고 있으면 안돼."

당청이 손가락을 튕겼다.

딱.

진자강이 움찔하여 반응하자 전신에 박힌 창들에 힘이 가해져 움직이지 못하게 했다.

곧 뒤에서 무사 한 명이 김이 모락모락 피어오르는 쟁반을 들고 왔다. 무사가 당청과 창에 둘러싸인 진자강의 사이에 쟁반을 내려놓았다.

따뜻한 차가 놓여 있었다.

"찬 데 오래 있어서 몸이 굳었을 게다. 마셔라."

진자강이 대답했다.

"됐습니다."

주륵.

수많은 창에 얼굴을 찍힌 채로 말을 한 탓에 볼과 턱을 찌르고 있던 창날이 깊어져 핏물이 흘렀다.

"권유가 아니라."

당청이 눈을 크게 떴다.

"명령이다."

동시에 일제히 진자강을 찌르고 있던 창들이 움직였다.

쿡쿡 쿡쿡!

진자강의 무릎 오금을 찌르고, 허벅지를 눌렀다. 종아리를 찔러 밀고, 어깨와 목 뒤를 찔러 눌렀다.

진자강이 꿇을 수밖에 없도록 강제하는 것이었다!

수십 자루의 창이 혈을 찌르고 살갗을 파고들었다. 찌르고 있는 창은 수십 자루지만 몸을 바싹 붙이고 밀어 대고 있어서 수백 명의 힘이 고스란히 전해지고 있었다. 진자강은 버티지 못하고 무릎을 꿇었다.

이어 창들이 진자강의 어깨와 겨드랑이, 팔뚝을 밀었다.

창이 진자강을 푹푹 찌르며 밀 때마다 피가 주룩주룩 흘렀다. 진자강은 찻잔을 들어 마셨다.

이제 눈높이가 달라졌다. 당청은 위에서 아래로 진자강을 내려다보게 되었다. 진자강은 당청을 올려다보며 눈에 힘을 주고 노려보았다.

"남들 위에 군림하고자 한다면 품격을 배워야 한다. 그리고 때로는 복종하는 법도 알아야 하느니라. 그래야 남들을 복종시킬 수 있지. 언제까지 고삐 풀린 짐승처럼 날뛸 참이냐."

당청의 말이 곧 명령이 되어 수백 명이 일사불란하게 진자강을 압박했다. 뒤통수와 어깨를 누르고 배를 찔렀다. 진자강은 찻잔을 놓치고 앞으로 엎어졌다.

무릎을 꿇고 부복(俯伏)한 모양새가 되었다. 손으로 바닥을 짚으려 했지만 그마저도 여의치가 않았다. 빈 창들이 진자강의 머리 양옆으로 빼곡하게 땅에 박혀서 손으로 짚을 공간이 없었다.

진자강은 강제로 머리를 당청에게 조아리게 되었다. 고개를 들기 위해 힘을 주어도 창날이 더 깊이 파고들 뿐이었다. 이미 진자강의 전신은 흐르는 피로 온통 젖어 있었다.

당청이 뒷짐을 지고 기분 좋은 목소리로 말했다.

"어떠냐. 내가 데려온 녀석들이. 심혈을 기울여 수십 년간 키워 온 내 수족들이다. 그 누구의 명령도 듣지 않고 오로지 내 명령에만 복종하도록 훈련받았다."

당청과 함께 일하는 집무실의 학사들!

창을 든 무사들이 바로 그들이었다.

진자강은 바닥에 처박힌 얼굴을 옆으로 겨우 돌려 물었다.

"정규 무사들이 아니라 직속 수하들을 동원했군요. 남들에게 보이기 싫었습니까?"

"독문 내에서 반역이 있었다는 걸 남들이 알면 아무래도 좀 그렇지."

"독문 육벌의 상임 회의에 상대를 해칠 의도로 무장한 수하를 동반해서는 안 된다. 그것이 규칙 아니었습니까?"

"반역을 획책한 무리를 상대로라면 다르지."

"어디에 반역이 있었다는 겁니까?"

"아직도 잡아뗄 셈이냐?"

당청이 손짓을 하자 창들이 일제히 진자강의 고개를 강제로 들어 올렸다.

좌르르륵.

진자강이 턱을 들고 아까보다는 수월하게 말했다.

"지정된 절차를 따랐고, 무력으로 빼앗으려 하지도 않았습니다. 여긴 나 혼자뿐입니다. 어디가 반역이라는 겁니까?"

당청이 인상을 썼다.

"아니지, 아니야. 다른 놈들은 내 앞에 나타나기 겁이 났을 거야. 그래서 네놈 하나를 보내 놓고 뒤에서 사태를 관망할 셈이었겠지."

"위임장을 들고 왔습니다만."

"그깟 위임장에 무슨 의미가 있지?"

"기명날인(記名捺印)된 위임장입니다. 그들은 죽음을 각오했습니다."

"말을 못 알아듣는구나. 그놈들의 목숨 따위가 무슨 의미가 있느냐고 물은 거다."

"절차도 없고 규칙도 없다면 독문 육벌의 상임 회의가 무슨 의미가 있습니까?"

"버러지들이 자기가 뭐라도 된 양 으쓱거리게 만들어 주는 최소한의 요식 행위로서 의미가 있지!"

당청의 언성은 높아지는 데 비해 진자강의 목소리는 점점 더 차분해졌다.

"염왕. 당신이 그 최소한의 요식 행위조차 지키지 않게 되었을 때, 후폭풍을 생각해 본 적이 있습니까?"

당청의 얼굴이 일그러졌다.

진자강이 독촉하듯 재차 물었다.

"대업을 이루고 당가가 강호에 군림하게 되었을 때 사람들이 당신을 따를 것 같습니까?"

당청의 얼굴이 벌게졌다.

"이놈이 반역을 꾸미다가 실패한 주제에 뭐라도 된 듯이 내게 설교를 해?"

차라락! 창들이 진자강을 압박했다. 진자강은 창날이 파고드는데도 꼼짝도 않고 당청을 올려다보았다.

맹렬하고도 차가운 눈빛.

당청도 이런 강렬한 눈빛은 근래 들어 본 적이 없다.

당청은 이를 빠득 갈았다.

"죽이기엔 아깝다. 그러나 너를 길들이고 싶지도 않다. 네가 억지로 수그리고 들어오는 것도 원치 않는다. 너를 길들이는 순간부터 너는 스스로의 가치를 잃을 테니까."

당청은 정말로 고민했다. 당청이 진자강의 고개를 더 들도록 손짓했다.

"내가 너를 어쩌면 좋겠느냐?"

"질문이 틀렸습니다."

진자강의 입가에 미소가 어렸다. 볼이 찔려서 또다시 피가 주룩 흘렀다.

"내가 당신을 어떻게 하면 좋겠느냐고 물어야 합니다."

"무어라?"

진자강이 엎드린 채로 천천히 왼손을 들었다.

"당신의 명령만을 따른다고 했습니까?"

"무슨 수작이냐?"

"잘되었습니다. 마음이 편하군요."

놀란 무인들이 당청을 쳐다보았다.

당청은 인상을 썼다.

하지만 진자강이 무엇을 하려는지 궁금하지 않을 수가

없다. 당청이 턱짓을 했다. 진자강을 짓누르고 있던 창날들이 조금 느슨해졌다.

순간 진자강이 왼손을 완전히 치켜들었다.

반짝.

진자강의 왼손에서부터 아래로 실 한 가닥이 길게 이어져 있었다.

"……!"

당청을 비롯한 무인들의 눈이 진자강의 왼손에 쏠렸다.

아름다운 은색 선이 빛나고 있었다.

"탈혼…… 사?"

설마하니 이 와중에?

당청이 눈을 부릅떴다.

"이놈이!"

진자강이 힘껏 왼손을 끌어당겼다.

촤아아악!

바닥에 감춰져 있던 은색 실이 튀어나오며 파도처럼 출렁거리면서 허공으로 치솟았다.

피가 튀었다.

창대가 잘려 나갔다.

발목이 떨어져 나갔다.

진자강을 중심으로 반경 이 장 이내의 모든 무인들이 무너지듯 주저앉고 있었다. 모두 발목이 날아가고 있어 제대로 서지 못했다. 진자강을 억누르고 있던 대열이 삽시간에 무너졌다. 몸을 밀착하여 붙어 있었기 때문에 피해가 더 심각했다.

온 사방으로 퍼지는 핏속에서, 진자강이 몸을 일으켰다.

전신이 피로 물든 진자강의 눈빛이 빛나고 있었다.

무인들이 고통스러워하며 차례로 쓰러진다. 진자강의 뒤에서부터 앞으로, 양옆에서부터 가운데로. 당청을 향해 발목이 잘린 무인들이 무릎을 꿇는다.

당청은 최근 수년간 자신이 이 정도로 전력을 다한 적이 있는가 기억도 나지 않았다. 자기도 모르게 공중으로 뛰어올랐다.

좌아악!

당청의 발밑으로 탈혼사의 은빛 선이 지나갔다.

그러나 뛰어오른 상태에서 당청은 보았다.

진자강이 왼손이 아닌 오른손에도 무언가를 쥐고 있음을.

진자강의 오른손은 이미 당겨지고 있었다.

불길한 예감이 등줄기에 소름처럼 치밀어 올랐다. 당청은 왼발로 오른발의 발등을 찍어 한 번 더 도약하곤, 공중에서 가부좌를 틀어 앉듯이 양발을 앞으로 들어 올렸다.

불길한 예감은 틀리지 않았다.

싸악!

보이지도 않는 허공에서 무언가가 발아래를 스치고 지나갔다. 그러나 완벽하게 피하지는 못했다. 오른쪽 가운뎃발가락 끝 한 마디가 가죽신과 함께 잘려 나갔다.

그가 아는 탈혼사는 한 줄기였다. 그런데 보이지 않는 탈혼사 한 줄기가 더 있었다.

당청은 그 와중에도 감탄했다.

'이야아…….'

그래서 먼저 이 자리에 와 내내 기다리고 있었는가?

탈혼사를 바닥에 심어 놓고?

이 한 수를 위해서?

물론 탈혼사에는 독이 발라져 있을 것이다.

독룡이니까.

당청은 훌쩍 뒤로 물러나 자리에 섰다. 잘린 가운뎃발가락에서 피가 줄줄 흘러나오고 독이 침투해 붓기 시작했지만 개의치 않았다.

진자강이 가까이에 있는 무인들을 향해 발경을 찍고 있었다.

펑!

여럿이 몸을 맞댄 터라 엉켜서 제대로 피할 수도 없었다. 발경을 맞은 무인들의 몸이 터져 나갔다.

그래도 명색이 당청이 거둔 무인들이다.

발목이 잘렸어도 진자강을 향해 창을 찔러 대며 반격했다.

진자강은 무인들의 몸을 방패로 삼았다. 튀어나온 창에 어느 정도 찔리는 건 감수했다. 하지만 한 명씩 차근차근, 확실히 죽여 갔다.

뒤쪽에 있어 멀쩡한 이들이 앞쪽 발목이 잘린 무인들을 끌어내고 공간을 만들어 참전했다.

서로 뒤엉킨 아비규환.

하도 피칠갑을 하여 누가 누군지 제대로 알아보는 것조차 어려울 지경이었다.

당청은 흥분하여 심장이 두근거렸다.

아직까지도 지원 병력이 없는 걸 보면 진자강은 정말로 혼자 왔다.

혼자 자신을 상대하러 왔다.

심지어 반역을 예상하여 병력을 매복시킨 걸 알면서도.

진자강.

이놈은 정말 물건이다.

'⋯⋯.'

그러나 당청은 원래 의심이 많은 자다.

흥분한 가운데 퍼뜩 의심스러운 생각이 들었다.

설마 이 정도로 자신을 잡을 수 있을 거라고 생각한 걸까?

저렇게 머리가 좋고 대담한 놈이⋯⋯ 정말로 혼자서 찾아왔다고?

고작 이 정도의 대책으로?

아무리 미친놈이라고 하더라도 이건 말이 안 된다.

당청은 생각을 거듭했다.

머릿속이 복잡해졌다.

진자강이 절차와 규칙 운운한 것이 아무래도 마음에 걸린다.

게다가 지원이 없는 것도 이상하다.

확실한 정보로 이백 명 가까운 반역도들이 사천에 들어온 걸 알고 있었다.

그런데 나머지 놈들은 위임장만 던져두고 대체 어디에서 뭘 하고 있단 말인가?

설마하니 자신이 빠져나온 틈에 당가대원을 노리고?

하지만 석금강들도 뚫지 못한 당가대원이다.

나살돈과 매광공부, 환락천 삼벌의 전체 전력도 아니고 겨우 이백 명에게 당가대원이 급습을 당한다고 어디 피해나 입겠는가!

第七章

염왕 공략

진자강은 수라가 되어 날뛰고 있었다.

무인들이 전열을 가다듬으려 해도 진자강이 그렇게 하도록 내버려 두지 않았다. 찰거머리처럼 끈덕지게 달라붙어 무인들의 틈으로 파고들었다.

무인들의 실력은 굉장히 높았다. 하나 아직 당청으로부터 진자강을 죽여도 좋다는 허락이 떨어지지 않았다. 이미 고수의 반열에 오른 진자강을 상대로 팔다리에만 부상을 입혀 무력화시키는 건 굉장히 어려운 일이었다.

때문에 무인들의 수는 계속해서 줄어 가고 있었다.

하지만 정작 지휘를 해야 할 당청은 아무 명령도 내리지 않고 혼자만의 생각에 잠겨 있을 따름이었다.

아니, 정확하게 말하자면 사태를 똑바로 지켜보고는 있었다. 그러나 일부러 명령을 내리지 않고 있었다. 진자강을 죽여 버리면 무슨 수작을 부리고 있는지 알지 못하게 되어 버린다. 어쩌면 그조차도 진자강의 계산에 들어 있는지도 모르지만, 어쩔 수가 없었다. 저놈은 워낙 독종이라 잡아서 고문한다고 들어 먹을 놈이 아니다.

그런데 아직까지도 별다른 타개책을 내놓지 않고 그저 몸으로 부딪치며 싸우고만 있으니 더욱 궁금해 죽을 지경이었다.

"이상한데……."

당청이 중얼거렸다.

"이상해. 아무래도 이상해. 뭔가 이상해."

아무리 좋게 생각해도 진자강이 하는 행동을 보면 죽기 위해 달려든 것 같았다.

첫 한 수를 제외하곤 딱히 숨겨 둔 수가 있어 보이지도 않았다.

"뻔히 대비하고 있을 걸 알면서, 왜 혼자 왔지?"

그렇다고 진자강이 혼자서 당청을 포함한 여기 인원을 모두 죽일 생각인가 하면 그것도 아니다.

방금 전 손을 섞어 본바 진자강은 분명히 강했다. 강호에서 내로라하는 고수들과 어깨를 견줄 정도다. 거기에 수라 혈이라는 최악의 독을 더하면 실력 이상의 고수들도 죽일 수 있다.

빠르면 오 년, 늦어도 십 년이면 진자강은 강호에서 손꼽는 거물이 될 것이다.

하지만 그건 어디까지나 나중의 일이다.

"왜 당장에 지금 죽으려고 안달이 난 놈처럼 보이지? 왜? 앞날 창창한 놈이 왜?"

당청은 눈을 가늘게 뜨고 죽어 가는 자신의 수족들을 관찰했다.

진자강이 손을 휘두를 때마다 퍽퍽, 피가 튀고 살점이 날아다닌다. 등 뒤에서 무인이 진자강의 머리를 창대로 후려치고, 진자강이 피를 흩뿌리며 뒤로 탈혼사를 내던져 상대의 목을 절단시킨다.

벌써 예순 명 가까이 사상자가 나왔다. 전부 진자강 혼자서 벌인 일이다.

그러나 당청은 죽은 수에는 아랑곳하지 않았다. 일에는 선후가 있고, 가치에도 경중이 있다. 수하들의 죽음은 숫자에 불과하지만, 진자강의 의도를 파악하지 못하는 건 당청을 직접적으로 기분 나쁘게 만든다. 불안하게 한다. 당청에게는 그것이 더 중요하다.

"내가…… 놓친 게 있나. 내가…….."

진자강이 싸우는 걸 보고 있자니 독이 오른 발이 욱신거렸다.

"내가…… 이 내가 놓친 게 있는가, 아니면 저놈이 진짜 미친놈인 건가?"

어느 쪽이든 당청으로서는 매우 기분이 더러운 일일 터였다.

당청은 신경질적으로 탁탁 발을 굴렀다.

순간, 당청은 자신이 놓친 것을 깨달았다.

"혹시…… 연판장의 의미가 내가 생각하는 그게 아니었던 거냐?"

진자강의 말대로 연판장 자체는 반역이 아니었다. 정상적인 절차로 진행된 위임이었다.

연판장은 진자강에게 독문 삼벌의 권한을 양도했다는 의미지, 거기 어디에도 염왕을 축출한다는 내용은 적혀 있지 않았다. 염왕의 축출 어쩌구는 어디까지나 이 자리에서 진자강이 내뱉은 말일 뿐이지, 독문 삼벌의 의도는 아닐 수도 있었다.

설마하니 독문 삼벌이 저들 죽을 걸 알면서도 자신에게 반기를 들기 위해 연판장에 서명을 하였겠는가?

그렇다면 진자강이 연판장을 왜 꺼내 든 것인가.

진자강 자신이 독문 삼벌의 지지를 받고 있다는 걸 당청에게 보이기 위해서?

"아아아."

그렇게 생각하니 수긍이 되는 부분이 있다.

"미친 새끼."

곧 당청이 소리를 질렀다.

물러나!

뇌성벽력과도 같은 소리가 터져 나왔다.

갑작스러운 명령이었음에도 불구하고, 무인들은 진자강에게 공격하던 것을 멈추고 즉시 뒤로 빠졌다. 하지만 진자강은 마지막까지도 무인 한 명의 목에 탈혼사를 걸고 있다.

목에 탈혼사가 걸린 무인이 버둥거렸다. 진자강의 주변에서 다들 물러난 탓에 당청은 진자강을 훤히 볼 수 있다. 진자강도 당청을 쳐다보았다.

그러곤, 보란 듯 탈혼사를 당겼다.

무인의 목에 걸려 있던 탈혼사가 미끄러지듯이 스윽 빠져나왔다.

툭.

무인의 목이 바닥으로 굴러떨어져 수많은 절단된 육체들 사이에 파묻혔다.

　진자강은 전신에 엄청난 상처를 입었다. 곳곳이 꿰뚫려서 손가락이 들어갈 만한 구멍이 난 상처도 있었다.

　그러나 그런 피투성이가 된 몸으로 당청을 보며 웃었다. 진자강의 입이 길게 벌어지며 피가 배인 하얀 이가 드러났다.

　"많이 늦었습니까?"

　당청이 눈을 희번득였다.

　"이 새끼……."

　진자강은 대답도 하지 않았다. 웃음이 더욱 짙어졌을 뿐이다.

　당청이 말했다.

　"참으로 잔망스럽기 짝이 없구나."

　"그렇게 보였습니까?"

　"반역을 획책한 것처럼 꾸미고 실제로는 행하지 않았다! 오히려 역으로 내가 역도를 제압하려고 병력을 데려와서 규칙을 깨게 만든 것이지!"

　당청이 다그쳤다.

　"그렇다 아니다, 말을 해! 내 말이 틀렸느냐!"

　"그건 이미 아까 다 한 얘기가 아닙니까."

"그래. 그리고 네놈은 스스로를 미끼로 던진 것이지. 내가 병력을 데려와 너를 공격하게 했다는 증거를 자신의 몸에 만든 거야. 내가 발뺌하지 못하도록."

진자강은 웃음을 거두었다.

이제 반대로 당청의 입가에 웃음이 배기 시작했다.

"그렇게까지 해서 내게 인정을 받고 싶었느냐? 그래서 내내 규칙을 운운하며 나를 압박하려 한 것이냐?"

진자강의 대답을 기다리지 않고 당청이 말했다.

"좋다! 내 너를 인정한다! 나 염왕으로 하여금 규칙을 지키지 못하게 만든 수법도 좋았다. 독문 삼벌을 휘하로 끌어들여 스스로를 증명한 것도 높이 평가한다. 그러나!"

당청이 웃으면서 미간을 찌푸리는 기괴한 표정을 지었다.

"네 계획에는 큰 허점이 있느니라. 내가 널 죽여 버리면 네가 기껏 준비한 계획이 결국 아무것도 아니게 된다는 거지. 즉, 내가 인정하고 너를 살려 주지 않으면 아무짝에도 쓸모가 없는 계획인 거야."

당청이 낄낄거리며 웃었다.

"물론 목숨을 걸고 오기를 부릴 만했다. 내 간담을 서늘하게 만들었으니까."

진자강이 무표정하게 당청을 보았다.

당청은 계속해서 말했다.

"굳이 주는 권주를 마다하고 힘들게 쟁취한다, 라……
그래, 그게 어쩌면 네놈이 자신의 가치를 증명하는 방식이
겠지. 존중하마."

진자강이 뺨을 긁었다. 뺨에 난 상처들에서 핏물이 주륵
흘렀다.

"고마워해야 합니까?"

당청은 웃으며 고개를 저었다.

"네놈은 다 좋은데 그 말버르장머리가 문제야. 듣는 사
람을 자극해서 자꾸 기분 나쁘게 만들거든. 하지만 오늘만
은 참아 주마. 자아, 말해 보거라. 정말로 원하는 게 뭐냐.
독문 삼벌의 지지를 받는 후계자의 자리를 쟁취하고 내게
얻어 내고 싶은 게 무엇이더냐?"

진자강은 고개를 삐딱하게 한 채 당청의 얘기를 듣고 있
다가 바닥에서 부러진 창을 주웠다. 피로 얼룩진 창대를 옷
으로 슥슥 문질러 닦고는 창을 꽉 쥔 채 내공을 끌어 올렸
다.

그러곤 어깨를 젖혔다가 있는 힘껏 당청을 향해 던졌다.

단순한 위협이 아니라 전심전력을 다한 것이 눈에 보였
다. 쥐고 있던 창대 부분이 으스러져 있었던 것이다!

무인들이 창을 꼬나 쥐고 당청의 앞을 막았다.

콰아악!

부러진 창이 무지막지하게 무인들을 꿰뚫었다. 세 명이
나 꿰뚫고 나서야 멈추었다. 무인의 등을 관통한 창날이 삐
죽 튀어나와 당청의 코앞까지 도달했다.

당청의 표정이 웃고 있던 그대로 굳었다.

"뭐?"

다른 무인들이 당청의 앞을 막고 죽은 무인들을 치웠다.

진자강이 당청을 빤히 바라보며 말했다.

"사람 말을 뭘로 듣는 겁니까. 원수에게 물려받는 자리
따윈 관심 없다고 말했습니다만."

"……뭐?"

당청의 눈동자가 흔들렸다.

그게 아니면 도대체 무엇이 진자강을 이 자리에 오게 만
든 것인가?

당청은 다시 한번 혼돈에 빠졌다. 이마에 굵은 핏대가 솟
았다.

"나의 인내심을…… 시험하지 마라. 이런 말도 안 되는
짓을 해놓고, 그게 정말로 날 축출해 내기 위해서였다고?"

"몇 번을 말했습니다. 나는 분명히 절차에 의해서 행동
했고, 정당한 절차에 따라 안건을 냈습니다. 거기 어디에
오해할 부분이 있습니까?"

"그 말을 믿으란 말이냐?"

"스스로 세운 규칙과 절차도 의심하는군요."

당청의 눈동자가 더 좌우를 오가며 빠르게 움직였다. 진자강의 말과 행동에서 허점을 찾아내려 했다.

"웃기지 마라! 네 말이 사실이라 치자. 그럼 나머지 놈들은 어디에 있느냐. 사천에 들어온 놈들!"

진자강의 입가에 희미한 미소가 걸렸다.

"궁금합니까? 어디에 있는지?"

"어서 말해!"

진자강은 뜻밖에도 뜸 들이지 않고 바로 대답했다.

"당가대원."

"뭐라?"

당청이 어처구니가 없어 되물었다.

"본 가를 놈들이 쳐들어갔다고? 설마 중놈들이 외벽을 좀 부수고 내가 없기로서니 본 가가 당할 거라고 믿는 것이냐?"

진자강은 뻔한 질문이라는 듯 답했다.

"그럼 왜 갔겠습니까?"

"중놈들도 내원 구경을 못 했는데 그놈들이 내원에 한 발이라도 디딜 수 있을 거라고?"

진자강은 아무렇지 않게 답했다.

"아마 지금쯤은 내원에 있을 겁니다."

대놓고 시간을 끌었다고 말하는 것이었다.

무인들도 당황스러워했다. 어이가 없는 것도 없는 것이지만 정말로 그랬을까 싶다.

당청의 눈에 불똥이 튀었다. 당청은 부서져라 이를 갈았다.

빠드득!

"제 놈을 어여삐 여겨 어떻게든 참아 주었더니, 감히…… 감히 나를 농락해?"

하지만 진자강이 피식 실소함으로써 당청의 분노는 더욱 가파르게 상승했다.

그리고 동시에 더 큰 의심을 불러왔다.

진자강의 말대로 자신이 계략에 속아 밖으로 나온 틈에 정말로 당가대원이 공격당하고 있는 거라면?

아니, 잠깐.

진자강이 한 말을 모두 믿을 순 없다.

정말로 당가대원을 치는 중이라면 이렇게 순순히 말할 리가 없다. 만일 자신이 진자강이라면 말해 주지 않았을 것이다.

애초에 당가대원이 아니라 다른 곳을 노린 것일 수도……?

그럼 그게 어디란 말인가?

다시 처음으로 의문이 돌아오고 말았다.

의심이 의심을 불러오고, 또 다른 의심이 꼬리를 물었다.

당청은 이제 머리가 터질 지경이 되었다.

지금 벌어진 일련의 사태가 도대체 어떤 결과를 위한 것인지 당청으로서는 이해하기가 어려웠다.

으득, 자꾸만 이가 갈렸다. 진자강의 손에서 놀아나는 기분은 결코 유쾌하지 않았다.

진자강을 손에 넣고 싶은 것이지, 진자강에게 농락당하고 싶은 게 아니다.

슬슬 당청의 인내심도 한계에 다다르고 있었다.

"좋다!"

당청이 시뻘게진 얼굴로 진자강을 노려보며 말했다.

"가 보자. 가 보면 알겠지."

당청의 눈에서 살기가 줄기줄기 뻗어 나왔다.

"그러나 곱게는 못 간다."

당청이 발돋움을 했다.

당청의 작은 몸이 벼룩처럼 통통 뛰어 진자강에게로 날아왔다. 잘린 오른발 가운뎃발가락에서 피가 흘러나오며 핏방울이 퍼졌다.

어느 순간 당청의 몸이 사라졌다.

사라진 당청의 몸이 진자강의 머리 뒤쪽 위에서 나타났다.

"오냐오냐해 주었더니 끝을 모르는구나."

진자강이 몸을 낮추며 허리춤에서 단봉을 꺼내 들었다. 뒤로 돌면서 당청의 머리를 후려쳤다.

턱, 당청이 손바닥으로 단봉의 중간을 막았다.

철컹!

막자마자 단봉에서 낫이 튀어나와 얼굴을 베었다. 당청이 고개를 틀었다. 얼굴 대신 머리카락이 잘려 나갔다.

당청은 손으로 허공을 훑어 잘린 머리카락을 손에 쥐고는 훅 하고 불어 냈다.

머리카락들이 바늘처럼 뻣뻣하게 펼쳐져 진자강의 눈으로 날아들었다. 진자강이 왼팔을 들어 막았다.

머리카락이 모두 진자강의 팔뚝에 틀어박혔다. 그러고도 힘이 남아 팔뚝을 뚫고 들어와 진자강은 머리를 움직여 튀어나온 머리카락을 피해야 했다.

당청이 허공에서 거푸 발차기를 했다.

퍼퍼펑!

단봉이 날아갔다. 진자강도 거의 삼 장이나 나가떨어졌다. 피와 육편들의 사이를 구르다가 벌떡 일어섰다. 왼팔에 엄청난 극통이 찾아와 팔을 접은 채로 펼 수가 없었다.

그러나 이미 당청이 진자강의 앞에 있었다. 당청이 다시 툭 뛰어올라 진자강을 걷어찼다.

퍼펑! 소용돌이처럼 핏방울이 산란했다. 진자강은 오른 팔로 발차기를 막았지만 허공에 떠서 또다시 삼 장을 날아 갔다.

바닥을 구르다가 팔꿈치로 바닥을 치고 일어섰다. 왼팔 은 독 때문에 뻣뻣해져 움직이기 어려웠고, 오른팔은 충격 때문에 저릿했다. 하지만 이번에도 진자강이 일어선 순간 에 귀신같이 당청이 앞에 와 있었다.

"왼팔이 아프지? 독을 제거하고 싶겠지? 하지만 그럴 틈 이 있을까."

퍼퍼펑!

거푸 날린 발차기에 진자강은 또다시 날려졌다. 데구르 르, 이번에는 아까보다도 더 많이 바닥을 굴렀다. 오른팔의 뼈에 이상이 생긴 듯 통증이 극심했다. 진자강은 바로 일어 나지 못하고 무릎을 꿇었다가 한 번 쉬고는 일어섰다.

훅! 바람과 함께 당청이 또 진자강의 앞에 뛰어올라 있었 다.

"오른팔이 부러지는 게 먼저일까, 왼팔이 못쓰게 되는 게 먼저일까."

펑! 진자강은 완전히 나가떨어져서 뒤로 엎어졌다. 이번엔 제대로 막지 못해서 늑골에까지 충격이 고스란히 왔다. 벌써 싸우던 장소에서 한참이나 벗어나 있었다. 피도 육편도 없는 흙바닥이었다.

그래도 진자강은 일어섰다.

"헉 헉……."

비틀거리면서 일어나는데, 다리가 풀렸다.

하지만 당청은 멈추지 않았다. 예의 바람 소리와 함께 당청이 다시 나타났다. 당청은 공중에 떠올라 있어서 허리를 구부리고 있는 진자강과 눈높이가 똑같았다.

"아직 버틸 만하지?"

당청이 허공에서 몸을 돌려 뒷발로 진자강을 걷어찼다.

진자강은 온 힘을 다해 양팔을 앞으로 하여 막았다.

우— 드— 득!

당청의 발이 양팔의 팔뚝에 파고들면서 뼈 부러지는 소리가 났다.

퍼— 엉!

진자강은 바람에 휘말린 낙엽처럼 바닥을 굴렀다.

하나 곧 꿈틀거리며 이마로 바닥을 짚었다. 허리를 뒤틀고 무릎으로 기어서 몸을 일으켰다. 눈빛은 살아 있었다. 하지만 양팔은 아래로 축 처져 있었다.

"아아, 좋아. 벌써 포기하면 서운하단다."

진자강의 눈앞에 나타난 당청의 목소리. 당청은 사정을 봐주지 않고 진자강의 가슴을 찼다. 진자강은 새빨간 피를 토해 내며 포물선을 그리고 날아갔다.

한동안은 누워서 일어서지도 못했다.

그러나 또, 진자강은 일어섰다. 몸은 앞뒤로 흔들거렸으나 눈빛이 조금도 약해지지 않았다.

당청의 입이 찢어졌다.

"길들지 않고, 굴복하지 않는다. 굽히지 않고, 순응하지 않는다. 가끔 그런 놈들이 있어. 자기가 뭐라도 된 것처럼 사는 놈들."

진자강이 숨을 몰아쉬며 당청을 바라보았다. 당청이 살기 어린 미소를 지으며 말을 이었다.

"그런 건 힘이 있을 때에나 할 수 있는 것이다. 세상을 움직이는 건 폭력이다. 제아무리 달변가라도, 명문(名文)을 지어내는 글쟁이라도, 몇 대 쥐어박고 목을 뽑아 버리면 아무 말도 못 하게 되는 거야. 그럼 내가 이기는 거지!"

하지만 진자강은 피로 물든 눈으로 당청을 바라보며 입을 열었다.

"염왕."

진자강이 웃었다.

"말이 많군요. 당신은 이미 졌습니다."

당청의 눈꼬리가 치켜 올라갔다. 분노로 머리가 솟구쳤다. 당청은 산발한 자신의 머리카락을 잡히는 대로 한 움큼 뽑았다.

후두둑!

얼마나 화가 났는지 감정을 주체하지 못해 머리카락이 뽑힌 자리가 횡해졌다.

당청은 대노한 얼굴로 진자강을 향해 머리카락을 뿌렸다. 하늘거리던 머리카락이 모두 꼿꼿하게 서서 진자강을 향해 쏟아졌다.

진자강은 막을 수도 없었다.

푸우욱.

소리도 없이 머리카락 수백 가닥이 진자강의 전면에 고슴도치처럼 꽂혔다. 진자강은 뒤로 튕겨 엉덩방아를 찧었다.

끝끝내 무릎을 꿇고 비실대며 일어섰지만, 이내 눈동자가 핑 돌더니 앞으로 고꾸라졌다.

그리고 더는 일어나지 못했다.

당청이 입술을 씹었다.

"건방지게 굴고 있어, 핏덩이 새끼가……."

욱씬!

당청은 그제야 자신의 발을 돌보았다. 신발을 벗어 버렸다. 가운뎃발가락이 꺼멓게 죽어 있었다.

수라혈이 독하긴 하다. 독을 다스리는 당가의 심법으로도 이 정도 막은 게 한계다.

당청은 가운뎃발가락을 손가락으로 잡았다.

뚝!

당청은 독이 오른 가운뎃발가락을 통째로 뜯어내고는 그것을 옆의 무인에게 던졌다. 무인이 발가락을 받아서 작은 비단 주머니에 넣었다.

그런 뒤, 당청은 아무렇지 않게 신발을 신고선 진자강의 머리카락을 잡았다.

완전히 축 늘어져 버린 진자강은 반쯤 바닥에 끌린 채 상체가 들렸다.

당청이 무인들을 향해 소리쳤다.

"돌아가자!"

*   *   *

당청은 당가대원으로 돌아왔다.

외부에서 볼 때에는 아무런 이상도 없어 보였다.

소란도 없었고 수리 중이던 외원도 그대로였다.

싸움의 흔적은 전혀 없었다.

당청은 진자강이 기절하여 듣지 못할 걸 알면서도 이를 씹으며 말을 내뱉었다.

"만일 내게 지껄인 말이 허풍이었다면, 그 자리에서 네 전신의 뼈를 일만 조각으로 잘게 부수고 팔다리를 잡아 늘여 평생 지렁이처럼 흙바닥을 기어 다니게 만들 것이다. 길들이지 못하는 말은 결국 도살장에 끌려갈 수밖에 없다는 걸, 오늘 똑똑히 알게 해 주마."

외원의 앞에 가마가 기다리고 있었다.

외원에 들어서기가 무섭게 무인들은 사방으로 흩어져 사라졌다.

시비와 가마꾼들이 혼자 남은 당청을 마중했다.

"대청까지 모시겠습니다."

당청은 진자강의 머리채를 잡고 질질 끌면서 가마에 올랐다.

묘하게도, 인기척이 없었다.

그러나 여전히 외원은 평온했다.

당청의 미간이 꿈틀거렸다.

"뭐야."

앞서가는 시비도 가마꾼들도 답이 없었다.

"뭐냐고 묻잖아."

시비가 잠시 가마를 세우고 고개를 조아리며 답했다.

"어떤 의향으로 물으시는지 잘 모르겠습니다."

"너무 조용하잖아. 어째서 외원에 돌아다니는 놈이 한 놈도 안 보여."

"가주님이 염왕께서 오시는 길에 식솔들과 마주치지 않도록 피해 있으라 명하셨다고만 알고 있습니다."

혹시나 당청이 독문 삼벌의 수장들을 포로를 잡아오거나 하면 남들의 눈에 띌 수 있으니 당귀옥이 일부러 단속한 모양이었다.

"흥. 쓸데없는 짓을."

당청은 다시 가마를 출발시켰다.

가마는 외원의 길을 지나 내원으로 들어섰다.

내원의 대청 앞에서 가마가 멈췄다. 대청으로 들어가는 문은 굳게 닫혀 있었다.

당청이 왔는데도 불구하고 말이다.

시비도 따로 안에 고하지 않고 고개를 숙인 채로만 기다리고 있었다.

심지어 대청 안쪽은 기막으로 둘러싸여 있어서 아무 소리도 들려오지 않았다.

미심쩍은 느낌이 든다. 그러나 여기는 당가의 내원이다. 이상한 일이 있을 수가 없다. 심지어 여기까지 오는 동안 조금의 말썽이나 싸움의 흔적도 없지 않았는가.

당청은 화가 났다. 가뜩이나 진자강 때문에 심란하여 감정이 제대로 정리되지 않은 탓에 머리칼이 삐죽거렸다.

"가주 이 녀석이 도대체 무슨 생각으로…… 에이잉!"

당청은 아예 가마에서 내려 진자강을 질질 끌고 직접 대청의 문 앞으로 걸어갔다.

그러곤 문을 두드리려다가 멈칫했다.

기막이 펼쳐져 있음에도 무언가 기분이 묘했다. 괜히 혀끝이 간질거렸다.

당청은 문을 노려보다가 돌연 발을 들어서 힘껏 문을 걸어찼다.

콰앙! 두께만 한 뼘이 넘는 문짝이 부서지며 날아갔다.

그리고…….

대청에 있는 이들의 면면을 본 순간, 당청은 눈을 부릅떴다.

독문 삼벌!

환락천의 육하선과 나살돈의 노관, 매광공부의 탑탁연이 모두 대청에 있었다.

그것도 몇몇의 수하들을 대동하고.

아주 멀쩡한 모습으로!

당청의 눈이 크게 떠졌다. 믿을 수 없다는 표정을 지었던 당청은 곧 정신을 수습하고 물었다.

"네놈들이 어떻게 여기에 와 있는 것이냐?"

당청이 확 고개를 돌려 독문 삼벌의 옆에 바퀴가 달린 의자를 타고 앉아 있는 당귀옥을 쳐다보았다.

더 어이가 없는 것은 당귀옥의 뒤에 당가의 장로들도 함께 자리하고 있었다는 점이었다.

"무슨 짓을 한 게야. 여기가 어디라고 저놈들을 들여. 미쳤느냐?"

당귀옥의 표정은 매우 좋지 않았다. 엄청난 상처를 입은 진자강을 보곤 더욱 눈살을 찌푸리고 있었다.

육하선이 당귀옥에게 말했다.

"자. 어떻습니까."

당귀옥의 눈이 가늘어졌다.

노관이 재촉하듯 말했다.

"보시오. 우리 말이 맞지 않소이까."

당청이 이를 갈았다.

"뭐 하는 거야. 지금 뭐 하는 짓이야?"

당가의 장로들도 안색이 어두워져 있었다.

당청이 소리를 질렀다.

뭐 하는 거냐고 물— 었— 다!

당청이 내공을 한껏 실어 소리쳤기에 엄청난 음이 대청을 진동했다.

"오라버니."

당귀옥은 당청에게 진정하라는 말을 하지도 않았다. 대신 추궁하듯이 물었다.

"왜 독룡을 그렇게 만들었나요?"

"뭐?"

당청은 자신의 손에 머리칼이 쥐어진 채 늘어진 진자강을 내려다보곤 이어 당귀옥을 올려다보았다.

"네가 지금 감히 이 오라비를 추궁하는 것이냐? 역도들을 집 안에 들여놓고 뭘 잘했다고?"

탑탁연이 코웃음을 쳤다.

"역도라니. 무슨 말이지?"

당귀옥이 대신 대답했다.

"이분들은 독문 육벌에 속한 수장이십니다. 손님의 자격으로 오셨습니다."

"손…… 님?"

따지자면 그렇다. 외형적으로 독문 육벌은 모두 같은 지위를 가지고 있다. 저들이 내원까지 들어오지 못할 이유가 없다.

"하지만 저놈들은 분명히……."

"말씀해 주십시오. 왜 휘하 병력을 은밀히 끌고 나가셨으며, 독룡은 왜 그렇게 험한 몰골로 만드셨습니까? 심지어 독룡은 우리의 손녀사위입니다."

"놈들은…… 반역을 꾸몄다!"

육하선이 대꾸했다.

"흥! 반역이라니, 상임위에 간 건 독룡 혼자였다. 어떻게 혼자서 반역을 할 수 있지? 오히려 우리를 반역도로 몰아서 죽이려고 병력을 데려간 건 아니었는가? 우리 삼벌을 집어삼키기 위해서!"

당청의 얼굴이 일그러졌다.

"뭐야 이거……."

분명히 뭔가 잘못되었음이 확실했다.

그러나 당청은 쉽게 물러서지 않았다. 당청은 감정을 억누르며 입꼬리를 올려 웃어 보였다.

"이것들이 한데 짜고 나를 궁지로 몰아 보겠다? 그래. 내가 그랬다. 그래서? 독룡이 말을 안 들어 혼 좀 냈기로서니, 그래서?"

천하의 염왕이 하는 일에 반기를 들 순 없다.

평소에는 그랬다. 당가의 장로들도 당청이 하는 일에 언감생심 토를 달지 못했다.

그런데…… 오늘은 다르다.

장로들조차 당청을 무거운 표정으로 보고 있다.

그때.

"염왕. 지금의 그 말씀은 매우 위험하군요."

대청 안쪽에서 누군가의 목소리가 들려왔다. 앞쪽에 있던 이들이 좌우로 비켜섰다.

안쪽에서부터 하얀 승복을 입은 여승이 차분한 몸짓으로 걸어 나왔다.

아미파의 장문, 인은 사태였다.

인은 사태의 등장은 당청에게도 뜻밖의 일이었다.

애써 웃고 있던 당청의 얼굴이 그대로 굳었다.

인은 사태가 고혹적인 자태로 당청을 내려다보며 말했다.

"당씨는 제요 도당씨(帝堯 陶唐氏) 이래 무왕의 둘째 아들 당숙우를 시조로 이천오백 년을 이어 온 유서 깊은 가문입니다. 특히나 사천 당씨의 가규(家規)는 매우 엄하기로 정평이 나 있지요. 강호의 모든 문중이 당가의 가규를 본으로 삼기를 마다하지 않습니다."

당청은 쥐고 있던 진자강의 머리카락을 놓았다.

털썩, 진자강의 상체가 바닥에 엎어졌다.

"그런데 사천 당씨의 전 가주이시며 일천 독문, 육만의 독인 위에 군림하는 독문의 수장께서 그런 무책임한 말씀을 하시다니요."

당청이 입을 꾹 다물고 아무 말도 하지 않자, 인은 사태
가 눈을 가늘게 뜨고 웃었다.

다른 이도 아니고 아미파의 장문인 인은 사태가 하는 말
이다. 소림사의 대불과 함께 이불(二佛) 중 한 명으로 불리
는 신니(神尼) 인은 사태의 말 한 마디 한 마디는 절대 가볍
지 않다.

당청은 양손 주먹을 꾹 쥐었다 펴며 당귀옥을 보았다.

"네가 무슨 짓을 하였는지 아느냐?"

당귀옥은 대답하지 않았다. 당청이 대답을 기다리지 않
고 말을 이었다.

"선을 넘었다. 본 가와 독문 내에서 일어나는 일은 그 안
에서 처리해야 마땅하다. 그런데 외부인을 내원까지 끌어
들여서 일을 크게 벌였구나."

인은 사태의 개입으로 이제 진자강과 독문 삼벌의 일은
내부의 일이 아니게 되어 버렸다. 외부로까지 확장되어 버
린 것이다.

당귀옥이 입을 열었다.

"신니께서는 중재를 위해 방문하여 주셨습니다. 하나 신
니를 끌어들인 것은 제가 아닙니다."

당청의 한쪽 입꼬리가 올라갔다.

"지금 나와 말장난을 하느냐? 네 허락 없이 여기까지 아

무런 피도 흘리지 않고 들어왔다고?"

"독룡이 삼벌의 대표로 신니께 중재를 청했습니다."

"독룡 핑계 대지 마라. 저 망할 비구니가 들어오도록 허락한 건 결국 네가 아니냐!"

"중재 요청을 받은 신니를 받을 것인지, 말아야 할 것인지 가문 회의를 거쳤습니다. 그러나 독문 육벌 중 삼벌의 위임을 받은 독룡의 중재 요청입니다. 방문을 거절할 명분이 없었습니다."

당청이 장로들까지 돌아보며 이를 빠득 갈았다.

"그깟 명분……."

당청의 작은 몸에서 거대한 내공이 일었다. 소름 끼치는 살기가 뿜어져 나와 순식간에 대청을 뒤덮었다.

당가의 장로들은 물론이고 육하선, 노관, 탑탁연도 내공을 끌어 올려 당청의 살기에 대항했다. 표정이 변하지 않은 것은 당귀옥과 인은 사태 정도뿐이었지만, 당청의 살기가 점점 더 짙어지면서 그들의 눈빛도 살짝 찌푸려졌다.

매우 극심한 살기였다. 단순한 느낌이 아니라 유형화된 살기가 바늘처럼 사방으로 쏟아졌다.

삐이이이.

대청 안의 이들은 귓가에 이명이 들리고 전신의 땀구멍이 따끔거리기 시작했다.

틱, 티틱. 대청의 대들보와 벽면에 수없이 많은 실금이 생겨났다. 정말로 바늘에 찍힌 것처럼 자잘한 구멍들이 뚫렸다.

돌연 벽에서 한 줄기 표창(鏢槍)이 튀어나와 바닥에 박혔다.

떠엉!

박힌 표창의 끝이 바르르 떨렸다.

벽면에 숨겨져 설치된 기관이 당청의 유형화된 살기에 망가져서 격발된 것이다.

대청에 있는 이들의 얼굴이 심각해졌다.

애초에 내원까지 들어올 정도의 고수를 위협하기 위한 암기였으므로 그 위력이 결코 낮지 않았다. 어지간한 호신 강기는 뚫을 수 있을 정도로 강하게 바닥에 박혔다.

재수 없으면 본인들도 눈먼 암기에 맞아 황천행이 될 수도 있었다.

독문 삼벌의 세 수장들이 데려온 수하들 십여 명은 나름 고르고 골라온 정예였다. 그러나 당청의 살기를 견뎌 내지 못하고 얼굴이 새하얘졌다. 코피를 흘리고 눈이 벌게졌다.

"후욱, 후욱."

수하들은 숨을 몰아쉬면서 고통을 호소했다.

남자 무사로 분하고 있던 영귀도 떨리는 손으로 얼굴을

붙들어야 했다. 인피면구가 순식간에 바싹 말라 갈라지고 있었다. 살기를 견디느라 이를 하도 악물어서 잇몸에 피가 맺혔다.

탑탁연이 데려온 수하들에게 명했다.

"너희들은 이곳을 나가거라!"

하지만 수하들은 꼼짝도 할 수가 없었다.

당청이 입구를 가로막고 있는 탓이다.

당청의 입이 길게 찢어졌다.

"어딜 가? 여기서 아무도 못 나간다."

당청은 이제 살의를 숨기지 않았다. 머리카락이 온통 거꾸로 치솟아서 사자의 갈기처럼 삐죽삐죽해졌다.

살인멸구!

모두 죽여 입을 막을 셈이다!

이히히히! 이— 히히히힛!

"다 죽이면 되지! 다 죽이면 명분이고 뭐고 누가 알겠느냐!"

피잉! 또 한 자루의 암기가 오발되어 대청을 가로질렀다.

당가 장로 몇이 급히 몸을 피했다.

인은 사태가 가느다란 눈을 뜨고 물었다.

"본니까지 죽여 입을 막을 셈입니까?"

당청은 눈을 치켜뜨고 악귀 같은 얼굴로 웃었다.

"못할 것도 없지. 네년뿐이겠느냐. 아미파도 대가를 치를 게야. 그만한 각오도 없이 온 건 아니지? 이히히히히!"

"참으로 못된 분이옵니다."

인은 사태도 겉으로 내력을 흘려 내기 시작했다. 인은 사태의 승복이 팽팽하게 쏟아지는 살기 속에서도 하늘하늘 흔들렸다.

대청 안의 공기가 당청과 인은 사태, 두 사람의 기력이 격돌하여 크게 출렁거렸다.

피이잉!

암기가 또다시 격발되었다.

"크악!"

운 없게도 나살돈의 살수 한 명이 암기를 맞았다. 팽이처럼 생긴 암기는 살수의 무릎을 박살 내고 튕겨 나갔다. 살수가 비명을 지르며 바닥에 엎어졌다. 집중이 깨져 살기에 대항하지 못하고 당청과 인은 사태의 내력을 고스란히 받았다. 게다가 암기에는 말할 필요도 없이 독이 발라져 있었다. 살수는 순식간에 눈과 코, 귀, 입에서 피가 흘러나오며 팔다리를 바들바들 떨다가 죽었다.

하나 곁의 누구도 살수에게 신경을 쓸 여력이 없었다. 두 사람의 내력 싸움에 대항하는 것도 벅찼다.

인은 사태 입가에 미소를 머금었다.

"본니는 늘 염왕과의 대결을 고대하였사옵니다. 사천에 두 마리의 용은 너무 많지요."

"아무렴. 두 마리의 용은 필요하지 않지. 하물며 앞으로의 세상에서야 더더욱!"

"아아, 앞으로의 세상이라니요. 나쁜 짓을 꾸미신다고 들었는데 그 말이 사실이었습니까."

"나쁜 짓?"

당청의 내력이 더욱 거세졌다.

휘이이잉! 문이 닫히고 창문이 모두 막힌 대청 안에 바람까지 불었다.

"나쁜 짓이 아니지. 소림사 중놈들은 사람 죽이기를 선업이며 정법이라 포장하는데, 왜 나의 백년대업은 나쁜 짓이라 부르느냐."

당청의 작은 눈에서 뿜어진 광채가 대청을 가득 채웠다.

이제 세상은 당문 알기를 우습게 알지 못할 것이다.
당문이 강호에 군림할 테니까!
너희가, 그리고 아미파가 그 첫 제물이 되리라!

당청의 목소리가 대청을 울렸다. 대청이 뒤흔들렸다.

띵! 띠이잉! 여기저기서 줄 끊어지는 소리가 났다.

핑! 피잉!

부서진 기관에서 격발된 암기들이 하나둘 튀어나왔다. 인은 사태와 당청, 그리고 당귀옥을 제외한 나머지 인물들은 놀라서 암기를 피해 몸을 날렸다.

미처 피하지 못한 이들이 몸 일부분에 암기를 맞았다.

"악!"

"크윽!"

당가의 장로들도 독은 다스릴 수 있어도 암기 자체의 파괴력은 무시하지 못했다.

인은 사태가 눈웃음을 지으며 말했다.

"본니를 상대해 보시렵니까?"

당청은 살의가 충천하여 눈에 핏발까지 섰다.

"네년은 물론이거니와 아미파의 비구니들도 한 놈도 빠짐없이 사지를 찢어 돼지 굴에 처넣어 주지. 오도독오도독 산 채로 돼지에게 씹히는 맛이 제법 좋을 거야? 이히히히히!"

피잉! 피잉!

줄 끊어진 암기가 계속해서 대청을 날아다녔다.

육하선과 노관, 탑탁연이 이를 갈며 소리쳤다.

"준비해라!"

당청과 싸워야 한다.

싸우지 않고는 이곳을 벗어날 수 없다.

그런데!

작고 희미한 목소리가 들려왔다.

"그럴…… 필요 없습니다."

들리지도 않을 만큼 작은 소리인데 대청의 모든 이들이 소리에 집중했다.

저절로 그렇게 될 수밖에 없었다.

말한 이가 다름 아닌 진자강이었다!

진자강이 피투성이가 되어 부러진 양팔을 늘어뜨린 채, 당청의 등 뒤에서 일어서고 있었다.

당청은 등 뒤에서 진자강이 일어나는 걸 알면서 돌아보지도 않았다.

"이런 쥐새끼 같은 놈. 깨어 있었구나."

"염왕."

진자강이 피딱지가 범벅이 된 고개를 들고 당청의 뒤통수에 말했다.

"여기가 어딘지 아시겠습니까?"

당청이 미간을 찌푸렸다.

진자강이 머리가 회까닥 돌아서 어딘지 몰라 묻는 말은 아닐 터이다.

자신이 내원에 와 있는 의미를 물은 것이다.

앞으로 벌어질 상황은 명약관화하다. 싸우다 보면 결국에는 당귀옥과 당가의 장로들도 당청의 편을 들게 될 것이다. 그러니 인은 사태나 삼벌의 수장은 어찌 됐든 여기에서 죽을 수밖에 없게 된다.

그러나 이곳은 당가의 심처, 내원이다. 인은 사태나 삼벌의 수장 같은 고수들이 날뛰면 내원이 상한다. 내원에는 당씨 혈족들도 많이 산다. 가뜩이나 수가 적은 혈족이 죽거나 다치게 되면 큰 손실이 되고 만다.

이것은 소림사가 외원의 일부를 부순 것과는 차원이 다른 문제였다.

당가의 자존심이 크게 상한다. 이미 진자강이 장서각을 불태움으로써 한 번 큰 아픔을 겪은 바 있지 않은가?

한데 내원이 부서지고 당가의 혈족들이 죽어 나가면 대외적인 위상은 말도 못 하게 실추될 게 뻔하였다.

당청은 코웃음을 쳤다.

"살다 살다 남의 집 위상을 인질로 잡고 위협하는 놈은 처음이구나? 그런 걸로 나를 어찌해 보겠다고?"

당청이 고개를 살짝 뒤로 돌려 곁눈질로 진자강을 무섭게 노려보았다.

"네놈은 본 가의 위상이 어찌 되든 알 수가 없을 것이야. 오늘이 지나기 전에 돼지 배 속에 있을 테니까!"

서늘한 살기가 목소리에 배어 나왔다.

하지만 진자강은 당청을 내려다보며 말했다.

"중놈들도 내원 구경을 못 했는데 그놈들이 내원에 한 발이라도 디딜 수 있을 것 같냐고…… 그리 말했지요. 누가 한 말입니까?"

당청이 입술을 비틀었다. 자신이 진자강에게 한 말이다.

독문 삼벌은 지금 피 한 방울도 흘리지 않고 내원에 들어와 있다.

당청이 틀리고 진자강이 맞았다.

그러나 당청은 인정하지 않았다.

"네놈이 아미파를 끌어들인 건 잘못한 게야. 아미파의 죄 없는 비구니들이 네놈 때문에 돼지 밥이 되게 생겼으니까. 비도 그쳤겠다. 본보기로 아미산까지 통째로 불 질러 없애 버릴 것이다."

진자강이 대답했다.

"그렇다면 청성파에도 미안하게 되었군요. 내가 독문 삼벌의 대표가 되었다고 청성파에도 자랑했습니다만."

당청의 표정이 변했다.

하필이면 청성파?

청성파는 청성산을 벗어나 강호 전역에 퍼져 떠돌이 생활을 하고 있다. 아미파와 달리 입단속을 할 수가 없다!

당청이 몸을 완전히 돌렸다. 이를 드러내고 씹어먹을 것처럼 진자강을 노려보았다.

진자강의 눈빛이 서늘해졌다.

"내원에서 무슨 일이 생기든, 오늘의 일은 강호에 알려지게 됩니다. 염왕, 당신은 그것을 막을 수 없습니다."

당청은 이를 드러냈다. 꽉 쥔 주먹이 분노로 떨렸다.

"이 새끼가……."

진자강이 이를 씹듯이 말을 내뱉었다.

"내가 처음부터 묻지 않았습니까. 염왕, 당신이 규칙을 지키지 않으면 대업을 이루고 당가가 강호에 군림하게 되었을 때 뭇사람들이 당신을 따를 것 같냐고."

당청의 시뻘건 얼굴이 잔뜩 일그러졌다. 주름이 깊게 패어 얼굴에 수많은 굴곡이 생겨났다.

피잉, 핑! 암기가 날아다니는 가운데 진자강이 당청을 향해 천천히 몸을 숙였다.

"염왕, 당신은 당가를 강호의 최고 문파로 만들기 위해 대업을 준비했습니다."

진자강은 바로 코앞에 얼굴이 보일 때까지 허리를 굽혀 당청의 어깨로 고개를 가져갔다. 당청의 얼굴에 닿을 듯 말 듯 고개가 교차했다.

그러곤 진자강이 말했다.

"그럼 이제 당신이 선택할 시간입니다. 본인이 살기 위해 대업을 버리겠습니까, 아니면 당가의 미래를 위해 자신을 버리겠습니까."

당청의 눈이 찢어질 듯 커졌다. 핏발 선 눈의 동공이 흔들렸다.

당청은 이제야 진자강의 의도를 완전히 깨달았다.

진자강이 자신을 협박하기 위해 인질로 삼은 것은 당가의 위상 같은 게 아니다.

진자강이 인질로 삼은 것은 당가의 미래다.

*   *   *

본래 사천 당가는 강호에서 이름난 가문이고 무림 세력 중에서도 규모가 큰 편에 속했다.

오죽하면 사천을 여행하는 동안, 모르는 사이에 하루 열두 번은 당가의 사람이 스쳐 간다는 말이 있을 정도다.

그러나 그런 당가라 할지라도 자신의 식구들만으로 천하를 다스릴 수는 없다.

무력만으로는 불가능한 일이다.

강호는 넓다.

직계와 방계, 가신 가문의 무사들을 모조리 동원해도 물리적인 한계가 있다. 중원의 십분지 일조차 살피기 어렵다.

게다가 강호의 무인들은 쉽사리 무릎을 꿇지 않는다.

해월 진인도 진자강에게 말한 바 있었다.

강호에는 수많은 문파가 있고 목에 칼이 들어와도
움직이지 않는 자존심 강한 놈들 수만, 수십만이 있
다.

그들은 강호 자체가 생존의 위협을 받을 때, 대의
를 따라야 할 때에만 움직인다.

어떤 미친놈이 천하제일의 무공을 가지고 난장판을
만들어도 대의에 어긋나면 무림은 동조하지 않는다.

당청도 그 사실을 안다.

당가의 무력이 제아무리 공포스럽더라도 무력만으로 오
랫동안 통치를 지속하긴 어려울 터였다.

하여 당청은 통치의 방법에 대해 굉장히 오래 고민해 왔
다. 권력을 최소한으로 나눠 주면서도 당가의 통제력은 극
대화시킬 수 있는 방법을 연구했다.

그리고 그 시험대가 된 것이 바로 독문 육벌이었다.

당청은 긴 시간 인내를 갖고 독문 육벌을 통해 통치 방법
을 시험하며 키워 왔다.

독문 육벌은 대외적으로 모두 평등한 발언권을 가진 것처럼 보이나 실질적으로는 당가에 재정적으로 복속되어 있었다. 당청이 가장 이상적으로 바라던 형태였다.

그러나 독문 육벌을 대업 이후의 새 시대에까지 남겨 둘 수는 없었다.

대업이 끝나고 나면 나머지 오벌의 덩치가 커지게 될 테고, 그러다가 재정적으로 독립에 이르면 점점 더 목소리를 높일 게 분명했다.

때문에 당청은 대업에 앞서 독문 육벌을 빠르게 해체하려 하였다.

그 와중에 당청의 의도를 눈치챈 독문 삼벌이 반기를 든 것이다.

반란 자체는 대단한 문제가 아니었다.

진압하면 그만이니까.

오히려 잘되었다고도 생각했다. 덕분에 이리저리 흉계를 꾸미지 않고도 한꺼번에 쓸어버릴 수 있게 되었으니 말이다.

한데…….

이 상황에서 진자강이 갑자기 규칙과 절차에 관한 문제를 제기하고 나선 것이다.

그것도 도저히 그냥 뭉개고 지나갈 수 없는 상황을 만들어서!

진자강이고 아미파고 다 죽여 버리면 기분은 개운할 것이다.

하지만 당청이 규칙이고 뭐고 멋대로 어겨 버린다는 소문은 반드시 나게 된다.

완전하게 강호를 통치하기 위해서는, 독문 육벌을 만들어냈던 것과 마찬가지로 당가를 대리할 문파들을 휘하에 끌어들여야 했다.

그런데 당가가 절차를 무시하고 규칙을 지키지 않는다는 것이 알려지게 된다면, 어느 누가 신용이 없는 염왕과 당가에 협력하려 하겠는가!

대업이 성공하더라도 화무십일홍(花無十日紅)의 짝이 나고 말 것이 분명하다.

아니, 설사 대업을 포기하더라도 독문 육벌을 강제로 손에 넣으려 했다는 지탄을 면하기 어렵다.

그렇다고 수십 년을 준비해 온 대업을 그냥 포기할 수도 없는 일이었다.

여기까지 오게 만든 게 자신인데, 지금 자신이 손을 떼고 물러나야 한단 말인가?

심지어 가문의 대업을 망친 죄인이라는 오명을 뒤집어쓰고?

가문의 미래를 위해 포기하고 물러날 것인가.

가문의 명예를 버리고 생존을 추구할 것인가.

가문을 위해 살아왔던 당청 본인이 스스로 가문의 발목을 잡는 걸림돌이 되고 말았다. 당청으로서는 가장 견디기 어려운 상황이었다.

당청은 이마가 뜨거워졌다. 머리가 터질 것 같았다.

당청의 내부에서 끊임없이 신념과 가치가 충돌했다.

어쩌다가 일이 이렇게 되었나?

화가 났다.

새파랗게 어린 핏덩이의 잔꾀에 넘어가 자신의 평생 대업이 이만한 곤란을 겪게 된 것을 믿을 수가 없었다.

몸이 타오르는 기분이 들었다.

내공이 미친 듯이 역행하고 불길이 치밀었다.

'으……'

당청은 신음을 내뱉고 있다 생각했지만 아무런 소리도 나고 있지 않았다. 그럼에도 그것을 전혀 자각하지 못했다.

이제까지 자신은 무엇을 위해 살아온 것인가!

가슴이 타는 것처럼 뜨거웠다.

'으아아아아아—!'

당청은 괴성을 지르며 불길처럼 분노를 토해 냈다.

아니, 그렇다고 생각했다.

하지만 실제로는 아무런 소리도 내지 못했고, 분노는 조금도 풀리지 않았다.

*　　*　　*

당청이 내뿜는 살기가 극에 달했다.

유형화된 살기가 사방으로 날아가 벽에 꽂히고 사람의 살과 옷에 구멍을 냈다.

피잉! 핑!

암기마저도 미친 듯이 쏟아졌다.

당가의 장로들도 더는 버티지 못했다.

"염왕을 막아야 한다!"

벌써 제대로 싸워 보지도 못하고 암기에 맞아 쓰러진 자들이 십여 명을 넘어갔다.

그러나, 한 명이 당청의 얼굴을 보고는 놀라서 손가락질을 했다.

"저…… 저 저!"

당청의 얼굴은 불에 구운 것처럼 새빨갛다 못해 꺼메져 있었다.

게다가 검붉은 얼굴은 마치 수백 마리의 지렁이가 살갗

아래에서 기어 다니는 것처럼 끊임없이 울룩불룩거렸다. 보기만 해도 징그러울 지경이었다.

그런데도 눈은 죽어 있었다.

눈동자에 초점이 없이 흐리멍덩했다.

"주, 주화입마?"

당가 장로들은 물론이고 독문 삼벌도 두려워했다.

극도의 충격으로 심마에 사로잡힌 고수가 주화입마에 들면 대개 좋지 않은 결과를 초래하게 된다.

날뛰는 내공을 신체가 이기지 못하고 폐인이 되거나…….

머리만 돌아 버려서 무공은 멀쩡한 최악의 광인이 되거나…….

파악!

어느 순간, 무언가 터지는 소리가 나더니 당청의 미간에서 김이 피어올랐다. 정수리에서, 귀 뒤에서도 김이 피었다.

슈우우우…….

당귀옥도 더는 좌시할 수 없게 됐다.

"오라버니를 붙들고 진정시키세요. 어서!"

진자강에게 부탁할 수도 없었다. 진자강은 살기에 큰 영향을 받지 않았지만 양팔이 부러지고 몸 상태가 엉망이었다.

당청에게 마지막 말을 전한 뒤로는 주저앉아서 지켜보고 있을 따름이었다.

당가의 장로들이 쏟아지는 암기를 피해 당청에게 다가갔다.

"염왕! 진정하시오!"

"수승화강의 묘로 내공을 인도하도록 도와드리겠소!"

하나 당청에게 가까이 왔던 장로 두 명의 얼굴이 갑자기 핼쑥해졌다.

"컥."

한 명은 얼굴을 붙들고 한 명은 목을 긁으며 고통스러운 표정을 지었다. 비틀거리다가 무릎을 꿇고 피를 토해 냈다.

그때, 내원의 창문 쪽에서 누군가 말했다.

"가까이 가지 않는 게 좋을 것이야."

창틀을 뜯어내고 올라앉은 이가 있었다. 작은 체구, 등에 혹이 난 꼽추.

의선 안율진이다.

"염왕이 골수에서 내뿜고 있는 독이 증발하여 독무를 일으키고 있구만."

당귀옥이 안율진에게 물었다.

"의선, 오라버니의 주화입마를 막을 방법이 있겠습니까?"

"이미 멀쩡히 되돌리긴 늦었고. 골수에 있는 모든 독을 뽑어낸 후 죽거나, 운이 좋으면 백치가 되어 살겠지. 그보다도 지금 당장 대청의 모든 문을 폐쇄하고 틀어막지 않으면 이곳 내원은 곧 염왕의 독으로 가득한 죽음의 독장(毒場)이 되어 버릴 걸세."

당귀옥은 초점 없는 눈으로 독무를 일으키고 있는 당청과 그 옆에 앉아 있는 진자강을 번갈아 쳐다보았다.

이미 당청에게 가까이 갔던 장로 두 명 중 한 명은 죽었다. 한 명은 고통스럽게 발버둥 치고 있지만 점점 몸이 굳어 가는 중이었다.

독무가 퍼짐에 따라 다들 당청에게서 멀리 떨어지고 있었다.

그런데 어떻게…….

진자강은 독무 가장 가까이에서 직접적인 영향을 받고 있음에도 당가의 장로들보다 훨씬 오래 버티고 있다.

물론 멀쩡하다고는 보기 힘들다.

몸에 수백 개의 구멍이 난 데다, 그리로 당청의 독이 스며들었다.

독 때문에 구멍이 난 상처가 퉁퉁 붓기 시작하며 고름이 흘렀다. 얼굴을 제대로 알아보기 힘들 정도로 징그러운 모습이 되어 있었다.

당귀옥이 물었다.

"움직일 수 있겠나?"

중독되어 팔다리의 관절에 물이 찼다. 관절이 붓고 뼈마디가 어긋나 있었다. 걷는 것도 불가능하다.

진자강이 퉁퉁 부은 얼굴로 고개를 저었다.

"저는 걱정하지 말고 피하십시오."

진자강은 당가를 이 모양으로 만든 장본인이며 손녀사위다.

머리가 복잡할 텐데도 당귀옥은 무슨 생각을 하는지 알 수 없는 표정으로 고개를 끄덕였다.

"모두 몸을 피합시다."

당귀옥의 말이 끝나자 당가 장로들이 창문을 뜯어 당귀옥을 안고 밖으로 탈출했다. 독문 삼벌도 마찬가지였다. 부상당한 이들을 끌고 창문으로 나갔다. 남자로 분장을 한 영귀가 얼굴을 붙들고 진자강을 쳐다보았다. 진자강은 괜찮다는 뜻으로 눈짓을 해 보였다.

안율진은 마지막까지 지켜보고 있다가 진자강을 가만히 바라보더니, 침통 한 갑을 진자강의 앞에 던졌다.

"살리고 싶다면 뇌호혈에 육 푼의 길이로 침을 놓고, 죽이고 싶다면 백회혈에 이 촌의 길이로 찔러라."

당청의 목숨을 진자강에게 맡긴 묘한 태도였다. 하지만

진자강은 어이가 없어 웃었다.

"양팔이 모두 부러졌습니다만."

"싫으면 맘대로 해."

"싫은 게 아니라…… 왜 내게 이런 일을 맡기는 겁니까."

"거기 있는 게 너밖에 없잖으냐."

"나는 처방이 없습니까?"

"처방이 필요한 몸이면 벌써 죽었겠지."

진자강이 가만히 안율진을 보다가 물었다.

"혹시 내게 악감정이 있습니까?"

"조금. 하지만 처와 아이는 무사히 돌볼 테니 걱정하지마."

"아, 감사합니다. 잘 부탁드립니다."

말을 마친 안율진은 훌쩍 창밖으로 뛰어 내려갔다.

살아 있는 사람들이 모두 나간 뒤, 대청에는 시체들과 당청, 진자강만이 남았다.

땅땅땅! 곧 밖에서 널빤지를 대고 못을 박으며 창문을 틀어막기 시작했다.

틈이 있는 공간을 모두 막아서 대청을 폐쇄하고 있었다.

당청이 뿜어내는 독무로 대청이 자욱해졌다.

"후우."

진자강은 길게 한숨을 내쉬었다.

마침내…… 염왕 당청을 몰아내는 데 성공했다.

많은 사람을 만나고, 그들로부터 세상 보는 법을 배웠기에, 당청이 그만큼 똑똑했기에 가능했던 일이었다.

"두 번 할 일은 아니로군."

진자강은 쓴웃음을 지으며 기침을 했다. 이번에도 극한까지 자신을 몰아붙였다.

그럴 만한 상대였지만 대가가 매우 컸다.

몸이 타는 듯 아파 왔다.

그러나 움직였다.

"염왕, 당신은 살아야 합니다. 아귀왕의 정체를 밝혀내기 위해서라도."

진자강은 기어가서 입으로 침통을 열고 침을 이 사이에 끼워 물었다. 그러곤 겨우겨우 일어나 당청의 머리 뒤쪽 뇌호혈에 육 푼의 길이로 조심스럽게 찔렀다.

움찔.

당청의 동공에 아주 잠시간 빛이 돌았다.

당청의 눈동자가 진자강을 향했다. 흐리멍덩하던 초점이 반 정도 돌아와 있었다.

진자강의 끔찍한 몰골을 보고 놀란 것인지, 당청은 잠시간 진자강을 바라보기만 하였다.

그러다가 입을 열었다.

"대업은…… 이미 시작되었다……."

당청이 더듬거리며 말을 이었다.

"흐름은 막지 못한다……. 너 역시 선택만이…… 남았을 뿐……."

말을 마친 당청은 왈칵 시꺼먼 피를 토해 내더니 그대로 혼절해서 쓰러져 버렸다.

땅땅! 밖에서 널빤지를 몇 겹이나 박아 대고 있는지 어느새 대청엔 빛도 들어오지 않았다.

아무것도 보이지 않는다.

진자강은 당청의 옆에 몸을 누였다.

독무가 가득하지만 숨을 쉬기가 좀 불편했을 뿐, 마음은 오히려 편해졌다.

어차피 당분간은 아무도 들어오지 않을 것이고, 당청도 쉬이 깨어나지 못할 터.

'쉬어야겠다…….'

얼마 지나지 않아 진자강은 스스로 놀랄 정도로 깊게 잠이 들었다.

第八章

수라멸세혼

독문 삼벌의 수장들은 아직 대청 밖을 떠나지 않았다.

널빤지로 창문을 막고 제독포로 주변을 두르며, 새장을 곳곳에 놓는 것도 모두 지켜보았다.

그러고도 한동안 말이 없었다.

처음 입을 연 건 탑탁연이었다.

"설마하니 정말로 염왕을 쓰러뜨릴 줄은 몰랐군."

노관이 팔짱을 끼고 말했다.

"그렇다고 해도 아직 염왕이 죽은 게 아냐. 염왕이 살아나오면 다음은 우리 차례다."

육하선이 목발을 짚고 섰다.

"흥. 염왕이 살아 나오길 바라는 게 아니라 독룡이 살아 나오길 바라야 할 것 같은데."

세 사람은 실력이 낮지 않은 고수다. 이미 주변에 자신들을 지켜보는 감시의 눈을 비롯해 수많은 무인들이 포위하고 있음을 알았다.

언제든 수상한 행동을 하면 저들은 바로 움직일 것이다.

"우리가 목을 건 덕에 우리의 말을 받아들이긴 하였으나, 당가에 해가 되는 짓을 한 건 사실이지. 아마 우리가 눈엣가시처럼 미울 걸세."

"독룡이 나올 수 있을까?"

"글쎄. 확실한 건 그때까지는 우리가 이곳을 쉽게 떠날 수 없다는 것이겠지."

세 사람이 대청을 바라보다가 한쪽으로 고개를 돌렸다.

범상치 않은 기도를 가진 중년의 무인이 셋을 향해 걸어오고 있었다.

다가온 무인이 포권도 없이 세 사람을 향해 말했다.

"가주께서 세 분이 쉬실 곳을 준비했습니다. 따라오십시오."

무인의 무례한 태도에 탑탁연의 귀가 슬쩍 벌게졌다.

"이봐. 우리를 무슨 죄인이라도 되는 것처럼 취급하는 건 매우 불쾌하군."

무인이 탑탁연을 쳐다보며 대답했다.

"그럴 리가 있겠습니까. 본인은 그저 말을 전하러 왔을 뿐입니다."

"탈혼방주 당상율! 자네가 탈혼방주인 걸 모를 것 같나? 단순히 말을 전하려는 데에 자네를 보낼 필요는 없었겠지."

당상율이 굳이 직접 온 것. 그것은 이들의 얼굴과 기도의 느낌을 기억해 두기 위해서라고밖에 볼 수 없었다.

탈혼방주 당상율은 저승사자다. 저승사자의 명부에 기억되는 것이 기분 좋을 리 없다.

당상율은 슬쩍 미소를 지었다.

기분 나쁜 미소였다.

육하선이 탑탁연을 말렸다.

"성질낼 것 없어. 우리의 얼굴을 확인했다 해도 독룡이 살아 나오면 아무 문제 없을 테니까."

"그 말씀대로입니다. 따라오시죠."

당상율은 기다리지도 않고 먼저 걸음을 옮겼다. 그 또한 기분 나쁜 태도임에는 분명했다.

노관이 먼저 가는 당상율을 불렀다.

"탈혼방주, 한 가지만 묻겠네."

당상율은 귀찮은 듯 걸음을 멈췄다.

"말씀하십시오."

노관이 물었다.

"염왕이…… 만일 상임위의 결정을 받아들여 조용히 물러났다면 어쩌려고 했지? 독룡에게 해코지도 하지 않고 무력도 쓰지 않았다면?"

당상율은 잠깐 고개를 들고 생각하는 듯하다가 뒤를 돌아보며 답했다.

"가주께서 말씀하시길, 그땐 오라버니를 음해한 죄로 세분의 목을 잘라 대문 밖에 걸어 두라 하셨습니다."

탑탁연이 얼굴을 붉히며 화를 냈다.

"뭣이?"

육하선이 웃었다.

"애초에 독룡에게 목을 맡겼으니 그 정도는 감수해야지. 우리 셋에 염왕 하나의 목이면 나쁘진 않아."

노관도 쓴 표정으로 고개를 끄덕였다.

"역시 이화부인. 괜히 당가의 안주인이 아니군."

당상율이 돌아보며 무덤덤한 눈빛으로 말했다.

"자, 그럼 가시겠습니까?"

"가지."

탑탁연과 육하선이 당상율을 따라가는 사이, 노관은 잠시 뒤를 돌아보았다.

영귀가 하염없이 대청을 바라보고 있는 모습이 눈에 들어왔다.

노관은 낮은 한숨을 쉬고는 고개를 돌렸다.

진자강과 사천까지 오는 그 짧은 사이에, 도대체 무슨 일이 있었던 것인가.

무엇이 복수심으로 불타고 있던 영귀를 한 명의 여자로 만들었는가.

그 마음을 알면서도 노관은 차마 무어라고 말을 할 수가 없었다.

지금 당장은 영귀뿐만 아니라 자신들을 위해서라도 진자강이 살아 돌아오기만을 바랄 뿐이었다.

           *   *   *

대청을 나온 당귀옥이 가장 먼저 한 일은 당하란을 찾아간 것이었다.

당귀옥이 손짓했다. 뒤에 따라온 무인이 들고 있던 새장을 창가에 올려놓았다. 배가 희고 머리에는 푸른 관을 쓴 것처럼 깃이 자라 있는 작은 새였다.

"만일 저 새가 심하게 울거나 이상한 행동을 보이면 너는 그 즉시 이 방에서 피하거라."

"알고 있습니다."

당하란의 표정이 굳었다.

당하란도 당가의 일족이다. 청관조(靑冠鳥)의 의미를 알고 있었다.

홍관조는 팔대 극독에, 청관조는 삼대 절명독에 민감하게 반응한다.

청관조가 보인다는 건 삼대 절명독이 사용되었다는 뜻!

아마도 지금쯤은 청관조가 든 새장이 내원의 곳곳에 놓이고 있을 터였다.

"오라버니가 독룡에 패해 쓰러지셨다."

당귀옥의 말에 당하란의 눈이 휘둥그레졌다. 당하란은 애써 침착하려 배에 손을 올리고 심호흡을 했다.

"독룡은 손가락 하나 까딱하지 않았단다. 오라버니의 내부에서 오랫동안 자라고 있던 독버섯이 결국은 오라버니를 집어삼키고 말았지."

"그이는…… 어떻게 되었나요?"

"살아 있단다. 아직은. 오라버니와 함께 대청에 갇혀 있지만."

잠시 말을 멈췄던 당귀옥이 말을 이었다.

"정말로 대단하더구나. 그 아이는 멸정의 독무가 퍼지고 있는데도 버텨 내고 있었다. 본가의 장로들도 견뎌 내지 못하는 멸정의 독무를."

당가의 삼대 절명독.

멸정(滅精), 자안(慈眼), 소말(燒抹)!

마가패혈산이나 절대황시독 같은 팔대 극독처럼 화려한 이름을 가질 필요가 없었다. 과시하거나 자랑할 필요가 없는 독이라서다. 삼대 절명독이 뜨는 순간 강호의 어떤 무인이라도 살아날 수가 없다. 말해 줄 필요도, 기억할 이도 없는 독이다.

당하란의 목소리가 떨렸다.

"어떻게 삼대 절명독이 내원에서 사용될 수 있지요?"

당귀옥은 질문과는 다소 어긋난 대답을 했다.

"멸정의 근원을 아는 건 본가에서 오직 나와 오라버니, 둘뿐이지."

당귀옥은 소리를 내지 않고 입 모양으로 말했다.

골수.

삼대 절명독인 멸정이 당청의 골수에서 생산되는 독이었던 것이다.

"그러니 손녀사위가 대단한 건 알겠지만, 얼마나 오래 살 수 있을지는 알 수 없다."

멸정을 생산해 내는 당청과 같은 공간에 갇혀 있으
니…….

"정말 가 보지 않아도 되겠느냐? 독무가 언제 가라앉을
지, 사위가 그때까지 살아 있을지 장담할 수가 없다. 대청
은 폐쇄됐지만, 밖에서라도 얘기는 가능할 것인데."

당하란은 고개를 저었다.

"그이와 약속하였습니다. 저는 어떤 일이 있어도 이 아
이를 지키기로."

"여전히 생각이 깊고 강하구나, 넌."

폐쇄된 대청 안에서 무슨 일이 벌어지고 있는지 아무도
모른다.

진자강이 살아남기 위해서 고도로 집중하고 있는 상황일
수도 있다. 그런 때에 당하란이 대청으로 달려가 밖에서 울
고불고한다면 진자강이 심적으로 크게 불안정해질 수도 있
는 일이었다.

"살아난다면 찾아올 거예요. 아니, 살아 돌아올 거예요.
저는 그때까지 이 아이와 함께 기다리겠습니다."

"사위가 살아온다면, 그때부터 너의 삶은 물론이고 사위
의 삶도, 그리고 배 속의 이 아이의 삶도 이전까지와는 달
라질 것이다."

일사이불삼도이왕 중에 염왕을 쓰러뜨린 진자강은 더 이

상 야인이 아니다.

진자강은 거물이 된다. 강호의 누구도 함부로 할 수 없는 인물이 되는 것이다. 당가 내에서의 입지도 상상할 수 없이 높아질 터였다.

당하란으로서도 가슴 벅찬 일이다. 진자강이 할아버지인 당청을 쓰러뜨리고 강호에 우뚝 서는 날이 이렇게 빨리 오게 될 거라고는 솔직히 상상하지도 못했다.

하지만 당하란은 벅찬 마음을 누르고 고개를 내저었다.

"출산 날이 머지않았습니다. 저는 오로지 아이만 생각할 뿐입니다."

당귀옥은 알겠다는 듯이 당하란의 손을 쓰다듬었다.

"그래. 너는 그것만 신경 쓰거라. 이 아이가…… 바로 우리 당가의 미래이니라."

*　　　*　　　*

진자강은 깊은 잠에서 깨어났다.

여전히 독무는 지독했다.

얼마나 독이 맹렬한지 눈도 제대로 떠지지 않았다. 진물이 굳어서 딱딱하게 눈꺼풀에 들러붙었다. 숨을 쉴 때마다 허파에서 그륵거리며 불쾌한 소리가 났다.

보통의 고수라면 몇 번을 죽어도 죽었어야 할 상황.

'엄청난 독.'

이 정도 독이면 사황신수보다도 훨씬 더 강력한 듯하다.

피부로, 호흡으로 멸정의 독무가 계속해서 스며들고 있었다.

진자강 내부의 수라혈과 멸정의 독기가 서로를 잡아먹기 위해 계속해서 싸운다.

진자강은 개의치 않았다.

어느 쪽이 이기든 그건 모두 진자강의 것이 될 것이다.

혼원(混元).

더 이상 탁기와 선기의 구분도 무의미하다.

수만 가지의 것이 섞이고 뒤엉켜도 결국 근원은 같다.

멸정은 수라혈을 먹어 치웠다. 진자강은 받아들였다. 수라혈을 먹어 치운 멸정이 신이 난 듯 날뛴다. 그러나 멸정의 배가 갈라지고 거기에서 수라혈이 고개를 내민다. 멸정의 껍질을 뒤집은 것처럼 수라혈이 나타났다.

멸정은 아직 잔뜩 남아 있다. 외부에서 유입된 새로운 멸정이 갓 태어난 수라혈을 먹어 버렸다. 그러곤 날뛰다가 몸이 갈라지며 수라혈로 변태한다.

멸정이 수라혈을 잡아먹은 것이 아니라 잉태한 꼴이 되어 버렸다.

잉태된 수라혈이 배 속에서부터 멸정을 먹어 치우며 점점 더 덩어리를 키운다.

독무의 양은 거대했고 당청의 몸에서 끊임없이 샘솟는 듯하였으나 결국은 유한할 수밖에 없다.

진자강은 주변의 멸정을 모두 흡수했다.

이제 독무는 거의 느껴지지 않게 되었다.

멸정을 모조리 잡아먹고 엄청난 덩치로 커 버린 수라혈이 진자강의 체내를 돌아다니며 진자강의 내부마저 먹어 치웠다. 뼈를 먹고 관절을 먹고, 근육을 먹었다.

그러곤 새로운 뼈와 관절과 근육을 토해 냈다.

투툭.

누운 채인 진자강의 외부 살갗이 갈라졌다.

수라혈이 멸정의 배를 가르고 안에서 튀어나온 것처럼 뽀얀 새살이 돋아났다.

……

번쩍!

광망이 어두운 대청을 뒤덮었다.

부스스, 진자강이 몸을 일으켰다. 옷은 모두 녹아 버렸고 예전의 살갗은 부스럼으로 남아 있을 따름이었다. 머리카락도 죄다 삭아서 손으로 만지니 부스러졌다. 손으로 팔을 쓸자 부스럼이 한 줌이나 밀려 떨어졌다.

진자강의 옆에는 당청이 누워 있다.

진자강은 당청의 숨소리를 들었다. 당청은 끈질기게도 살아 있었다. 하나 살아 있어도 살아 있는 것이 아닌 채가 되어 있었다.

가뜩이나 작고 왜소한 당청은 굉장히 야위어 있었다. 뺨이 홀쭉해지고 눈은 떴는지 감았는지 모를 정도로 눈꺼풀이 깊게 내려와 있다.

대청에는 미약한 독기만이 남아 있었다.

진자강은 크게 숨을 들이쉬었다.

남은 독기들이 모두 진자강의 호흡으로 빨려 들어왔다.

진자강이 훅 하고 숨을 내뱉었을 때에는 숨에 독기가 하나도 남아 있지 않았다.

이제 밖으로 나갈 수 있다.

진자강은 몸이 훨씬 가벼워진 것을 느꼈다. 화산처럼 끓어오르는 힘이 전신에 가득했다.

진자강이 막힌 문으로 걸어갔다. 문의 부서진 틈에 손을 넣고 좌우로 벌렸다.

우두두두둑!

몇 겹이나 두들겨 박은 널빤지와 제독포가 뜯겨나갔다. 박힌 나무못이 사방으로 튕겨 나갔다.

마침내 햇빛이 새어 들어왔다.

*　　　*　　　*

우드득!!

대청 문이 뜯기는 소리에 대청 밖을 지키고 있던 무사들이 일제히 긴장했다.

나온다!

무인들이 즉시 뿔피리를 꺼내 불었다.

뿌우우웃! 뿌우우웃!

모두가 대청에 촉각을 곤두세우고 있던 차였다. 뿔피리 소리가 울리는 순간, 내원 전체가 들썩였다.

순식간에 대청 앞에 사람들이 몰려들었다.

독문 삼벌은 물론이고 당가 조직의 수장들 전원이 순식간에 모였다.

모두의 얼굴에 긴장감이 어렸다.

누가 나올지 알 수 없는 게 아니라, 뭐가 나올지 알 수 없는 상황이었다.

게다가 한쪽에는 학사 차림의 서생들까지도 백 명 가까이 와 있었다. 그들은 관을 쓰고 주판을 든 채 하나같이 서슬 퍼런 눈빛으로 부서진 대청 문을 쳐다보고 있어서, 다른 이들과는 자못 다른 이질감을 드러내고 있었다.

일전에 진자강과 싸운 바 있는 당청의 직속 수하들이다.

당귀옥도 곧 도착했다. 탈혼방주 당상율이 당귀옥을 수행했다.

학사 차림의 서생들을 보는 당상율의 눈이 싸늘했다.

"흥."

당상율이 손을 들었다.

대청을 둘러싼 담장에 수많은 무사들이 올라섰다. 철망과 창, 활을 들었다.

독문 삼벌 수장 탑탁연과 노관, 육하선의 눈이 힐끗 자신들의 주변과 담장을 향했다. 자신들의 주변에는 당가 인물들이 없다. 공간이 그리 넓지 않은데도 자신들과는 멀찍이 떨어져 있다. 여차하면 저 그물과 창들이 자신들에게 쏟아질 것이다.

그물과 창들이 다른 데를 향할 수도 있다. 담장 위의 무사들이 자신들처럼 한쪽에 동떨어져서 있는 학사 차림의 서생들 쪽으로도 눈길을 주고 있으니까.

들으라는 듯, 탑탁연이 살짝 큰 소리로 말했다.

"당가의 사정도 꽤 복잡하시구만."

당가의 인물들 몇몇이 언짢은 표정을 지었지만 정작 학

사 차림의 서생들은 신경도 쓰지 않고 있었다. 오로지 대청의 봉쇄된 문만을 바라볼 뿐이었다.

묘한 긴장감이 감도는 가운데, 잠시 조용했던 대청의 문이 다시금 뜯기기 시작했다.

우지직! 우직!

널빤지들이 찢기고 있었다.

희한하게도, 분명히 과격한 광경인데 과격하게 느껴지지 않았다. 휘장을 걷는 것처럼 자연스럽게 보였다.

모두가 숨을 죽였다.

긴장감이 최고조로 올라갔다.

뭐가 나오느냐에 따라 대청 앞에서는 참극이 벌어질 수도 있었다.

당청이 나오느냐, 진자강이 나오느냐에 따라 대상이 달라진다.

혹은 이지를 잃은 무엇인가가 나와서 피아(彼我)를 가리지 않고 학살할 수도 있었다.

나와라!

모두가 한결같은 마음으로 출수할 준비를 하며 기다렸다.

풀벌레 우는 소리조차 들려오지 않았다.

그리고.

허여멀건 한 한 명의 인영이 부서진 대청의 문으로 걸어
나왔다.

"앗!"

누가 먼저 소리를 질렀는지 알 수 없었다. 그러나 그가
아니었어도 다른 이가 같은 외침을 질렀을 터였다.

진자강이……

나타났다.

진자강은 실오라기 하나 걸치지 않은 몸이었다. 남아 있
는 건 오로지 팔목에 찬 탈혼사의 고리뿐이었다. 그러나 조
금도 부끄러워하거나 움츠러들지 않았다.

오히려 당당하게 서서 대청 밖에 기다리고 있던 인물들
을 오시하였다.

대청에 갇히기 전, 입었던 창상은 하나도 남아 있지 않았
다.

전신 피부는 병약한 환자처럼 하얬지만 투명하고 깨끗했
다. 흉터 하나 없었다.

골격도 변했다. 미세하지만 고수들 일부는 알아볼 수 있
었다.

누가 봐도 완벽하다시피 한 골격에 근골이 어울리게 잡
혀 있는 것이다.

무슨 일이 있었는지, 굳이 말하지 않아도 알 수 있었다.

대청 안에서 진자강은 환골탈태를 겪었다!

무엇보다 머리카락이 모두 빠졌다가 벌써 두 치 정도 자라나 있는 것이 그 증거였다.

환골탈태하기 이전에도 독문 육벌 중의 영현사와 천귀 그리고 인자협 불기를 비롯해 멸마승 무각을 쓰러뜨린 바 있는 진자강이다.

그런 진자강이 환골탈태를 하였으니 얼마나 더 강해졌을 것인가!

꿀꺽.

무인들이 마른침을 삼켰다.

살면서 눈앞에서 환골탈태를 하고 강해져서 나타난 사람을 볼 일은 거의 없다. 모두가 경외의 눈으로 진자강을 바라보고 있었다.

그런데 학사 복장의 서생들이 돌발 행동을 했다.

성큼, 발을 내디디며 진자강에게로 다가가기 시작한 것이다. 결코 선의라고는 할 수 없었다. 염왕 당청만을 위해 키워진 자들이다. 그들이 진자강을 향해 어떤 의도로 가는지는 명확했다.

당상율의 한쪽 눈썹이 치켜 올라갔다. 당상율이 씹듯이 중얼거렸다.

"이것들이……."

가주의 명령도 없이 함부로 행동하는 것은 용납하기 어렵다. 염왕 당청이 있을 때라면 모를까!

하나 당귀옥이 당상율을 만류했다.

"놔두어라."

이미 다음에 벌어질 일을 어느 정도 예상한 듯한 명령이었다. 당상율은 토를 달지 않고 바로 고개를 숙이며 물러났다.

학사 차림의 서생들은 열 걸음 정도의 거리를 두고 반원형으로 진자강을 에워쌌다.

진자강을 노려보는 눈빛이 심상치 않았다. 서생들이 이를 드러내며 내공을 급속도로 끌어 올렸다.

서생들 전원의 도포가 크게 부풀었다.

부우우욱!

뜨거운 공기가 휘몰아쳤다.

서생들의 이마에 핏대가 섰다. 진자강을 마주하고 있으며 굉장한 부담감을 느꼈다. 거기에 진자강이 뿜어내는 기세가 어깨를 묵직하게 짓눌렀다.

서생들은 이미 일전에 진자강과 싸워 본 바 있었다. 진자강의 실력에 익숙하다. 그럼에도 불구하고 무덤덤한 표정으로 내려다보고 있는 진자강의 눈빛을 감히 마주 볼 수가 없었다. 진자강의 눈빛에 범접하기 어려운 기운이 서려 있었다.

진자강은 육체적으로도, 정신적으로도 환골탈태했다.

염왕 당청을 무너뜨림으로써, 일개 무인이 아니라 지배자로서의 눈을 떴다.

지배자의 위엄이 수라로서 가지고 있던 살기(殺氣) 위에 덧씌워졌다.

이제 진자강이 내뿜는 기운은 단순한 살기가 아니라 절정의 위압(威壓)이었다.

진자강은 그들을 가만히 보고 있다가 뒤쪽으로 손을 뻗었다.

스르륵.

탈혼사가 움직였다. 당청이 끌려와 진자강의 손에 쥐어졌다.

진자강은 당청의 목덜미를 잡아 앞에 내동댕이쳤다. 당청은 죽지 않았으나 매우 쇠약해진 상태에서 짐짝처럼 서생들의 앞에 널브러졌다.

서생들의 얼굴에 분노가 감돌았다.

진자강의 입이 열렸다.

"꿇어라."

겨우 한 마디.

겨우 그 한 마디에 서생들은 하마터면 다리에 힘이 풀릴 뻔했다.

서생들은 온 힘을 다해 버렸다.

진자강에게서 뿜어져 나오는 위압감이 더욱 무거워졌다.

티티틱! 틱틱틱틱!

주판의 주판알들이 틱틱거리며 마구 흔들렸다.

서생들이 깜짝 놀랐다. 그것은 자의로 한 행동이 아니었다.

덜덜덜덜.

자신들의 손이 떨리고 있는 것이다. 당청 한 사람에게만 복종하도록 수십 년간 조련(調練)하였음에도!

서생들은 어금니를 깨물었다. 진자강의 기세에 대항하기 위해 더욱 진한 살기를 끌어 올렸다.

살의를 느낀 진자강의 미간에 서서히 노기가 어렸다.

진자강이 다시 한번 말했다.

꿇어라.

크지 않은 한 마디가 청천벽력처럼 서생들의 귓가를 울렸다. 내공이 부족한 몇몇이 휘청거렸다.

서생들의 우두머리나 다름없는 당청이 진자강에게 패배
했다. 그러니 서생들도 새로운 지배자인 진자강에게 복종
을 선택할 때가 온 것이다.

털썩.

삼 할이 결국 버티지 못하고 무릎을 꿇었다.

그러나 아직 칠 할이 남았다.

"이야아아!"

심지가 굳은 한 명이 행동을 개시했다. 철 주판을 거꾸로
들고 진자강을 향해 뛰어올랐다.

공격해야 할 대상은 한 명이고 공격할 인원은 수십 명이
다. 가장 최적의 방법은 뛰어올라 전 방위에서 공격하는 것
이다. 그리하면 적어도 삼사십 명이 동시에 손을 쓸 수 있
다. 반격당하더라도 시체가 떨어져 적의 움직임을 둔하게
만들 수 있다.

나머지는 계단을 밟고 진자강에게 쇄도했다. 앞 열은 몸
을 낮추고, 뒤 열은 몸을 세워 달렸다.

칠십 명의 그림자가 진자강을 뒤덮었다.

진자강은 탈혼사를 왼손 손바닥으로 잡아 쓸었다. 손바
닥이 베여 피가 맺혔다. 피가 한두 방울 나오다가 이내 홍
옥 빛의 맑은 액이 주르륵 흘러나왔고, 거기에 녹빛의 탁한
액이 가느다란 끈 모양으로 둘러졌다.

내공이 주입된 수라혈이 탈혼사의 실을 타고 빠르게 흘렀다.

진자강은 묵사, 백사의 고리를 쥐고 허공으로 던졌다.

옥허구광 오뢰합마공, 칠광제의 극.

진자강의 내부에 쌓인 일곱 개의 둑이 내공을 가득 담고 소용돌이쳤다.

묵사와 백사가 살아 있는 것처럼 허공에서 마구 휘몰이를 했다. 채찍처럼, 파도처럼 모든 것을 가르고 베며 거칠 것 없이 수를 놓았다.

팔다리가 잘려 나가는 건 물론이거니와 서생들의 얼굴이며 몸에 탈혼사가 베고 지나간 자국이 죽죽 그어졌다.

어찌나 탈혼사의 기세가 맹렬한지 공중으로 뛰었던 서생들은 거의 허공에 붙들린 것처럼 멈춰져 있었다.

서생들의 몸 곳곳에 적멸화가 피어났다.

그러더니 부글! 탈혼사에 그어진 상처에서 거품이 끓기 시작했다.

겨우 실선 하나에 불과한 상처가 순식간에 곪으면서 벌어지기 시작했다. 벌어진 상처에서 부글거리며 피거품이 끓어나왔다. 한번 시작된 피거품은 멈추지 않고 죽죽 흘러내렸다.

상처가 녹으며 벌어진 부위가 점점 더 벌어졌다. 내장이 쏟아졌다.

겨우 긁히고 베인 상처에서도 그러한데, 팔다리가 잘린 상처는 말할 것도 없었다. 잘린 부위가 통째로 끓어오르며 어마어마한 피거품이 쏟아졌다.

기존의 수라혈에 염왕의 멸정이 더해져 최악의 독이 탄생하였다.

수 · 라 · 멸 · 세 · 혼
修 · 羅 · 滅 · 世 · 混

으아아아!

으아악!

소리 없는 절규가 울려 퍼졌다.

진자강이 팔을 크게 휘저어 탈혼사를 회수했다. 그제야 허공에 붙들려 있던 서생들이 추락하기 시작했다.

후두두두둑!

이미 개중 반은 피거품이 되어 있어서 더는 사람의 형체라고 볼 수도 없었다.

순식간에 진자강의 앞은 끓어오르는 피와 살덩이로 가득해졌다.

하나, 미리 무릎을 꿇었던 서생들은 멀쩡했다.

살육에서 유일하게 살아남은 건 그들뿐이었다.

무릎을 꿇은 서생들은 덜덜 떨었다.

진자강은 피거품을 밟고 계단을 내려와 무릎 꿇은 서생들을 지나쳤다.

아무도 진자강을 막아서지 못했고, 쉽사리 움직이지도 못했다.

가장 먼저 움직인 것은…… 다름 아닌 영귀였다.

영귀는 진자강의 앞을 가로막더니 이를 악물었다.

영귀는 필사적인 얼굴이었다.

지금이 아니면…… 지금이 아니면!

영귀는 앞뒤 보지 않고 달려들어 진자강의 배에 단도를 찔러 넣었다.

푸욱!

영귀는 힘을 빼지 않고 더 세게 단도를 밀었다. 단도가 손잡이까지 틀어박혔다.

아앗!

지켜보는 이들이 놀라서 크게 눈을 치켜떴다.

하지만 진자강은 살짝 눈썹을 찌푸렸을 뿐 아무런 말도 하지 않았다.

진자강이 양손으로 영귀의 손을 잡았다. 영귀의 손이, 눈썹이, 입술이 떨리고 있었다.

진자강은 영귀의 손을 잡고 단도를 뽑았다. 울컥 피가 뿜

어져 나왔다. 그러나 수라혈은 흘러나오지 않는다. 영귀를
죽일 생각이 없는 것이다.

진자강은 단도를 꼭 쥐고 있는 영귀의 손을 잡은 채 그것
을 자신의 가슴에 찍었다. 방금까지 진자강을 죽이려 한 건
영귀였음에도 오히려 영귀가 놀라 손을 떼려 했다. 진자강
은 손을 놓아 주지 않았다.

퍽!

단도가 오른쪽 가슴에 깊이 박혔다. 영귀가 입술을 깨물
고 도리질을 쳤다.

진자강은 그제야 영귀의 손을 놓아 주었다. 영귀가 자리
에 주저앉았다.

영귀가 원한 것은 세 번의 복수였다.

하지만 아직 한 번이 남았다. 아니, 진자강이 일부러 한
번을 남겨 준 것이다.

주저앉아 진자강을 바라보고 있던 영귀의 얼굴에서 주륵
눈물이 흘렀다.

한번 쏟아진 눈물은 좀처럼 멈출 줄을 몰랐다. 다리엔 힘
이 풀렸다.

하지만 영귀는 억지로 일어났다.

떨리는 손으로 입고 있던 장포를 벗어서 진자강에게 걸
쳐 주었다.

그러곤 옆으로 물러나 한쪽 무릎을 꿇고 고개를 숙였다.

진자강은 고개를 돌려 앞을 가로막은 독문 무사들을 쳐다보았다.

독문 무사들이 주춤거리다가 옆으로 비켜나 무릎을 꿇었다.

진자강은 독문 삼별과 당귀옥을 잠시 쳐다보았다가 곧 걸음을 옮겼다.

진자강이 가는 길의 모든 문이 활짝 열렸다.

*　　　*　　　*

진자강은 길을 몰랐지만, 고민할 필요가 없었다.

열린 문이 진자강이 갈 길을 가르쳐 주었다.

길목을 지키고 있는 내원의 무사들은 보통의 무사들이 아님에도 불구하고 진자강의 위엄에 짓눌려 절로 고개를 숙였다.

그 근원은 두려움이 아니었다.

두려움 이전에 경외감이 있었다.

반세기가 넘도록 당가를 지켜 온 절대자, 염왕을 쓰러뜨린 자에 대한 경의와 존경이었다.

하여 그들은 자신들도 모르는 새에 진자강이 가야 할 곳을 인도하고 있었다.

끼이익.

열다섯 번째 수화문을 지키고 있던 무사들이 문을 활짝 열었다.

그리고 그곳에서 진자강은 그리워하던 이를 만났다.

부른 배를 안고 툇마루에 걸터앉아 있던 당하란이 진자강을 보고 미소를 지었다.

당하란은 예전보다 다소 수척해 보였지만 여전히 아름다웠다.

당하란이 옆으로 손을 짚고 일어나 진자강을 향해 다가왔다. 진자강의 복부와 가슴이 피에 젖어 있었지만 아랑곳없이 안았다.

아니, 안으려 하다가 멈추고 팔을 거두었다.

당하란이 코를 찡긋 찌푸렸다.

진자강을 잠시 쳐다보다가, 진자강의 뺨을 때렸다.

찰싹!

감정이 크게 실린 센 따귀는 아니었다.

뜻밖에 뺨을 맞았던 진자강은 잠깐 눈을 감았다가 떴다.

그리곤 왜 그러는지 알겠다는 듯 영귀가 덮어 주었던 장포를 벗었다.

미세하지만 영귀의 체향(體香)이 남아 있는 것이다.

진자강은 다시 나신이 되었다.

잠깐 당하란은 혼이 나간 듯 진자강의 몸을 바라보았다. 가느다란 섬섬옥수로 진자강의 가슴을 쓸었다.

그러다가 얼굴이 붉어지며 들릴 듯 말 듯 한숨을 내쉬었다.

"하……."

당하란은 고개를 들고 웃었다.

"저번보다 더 멋있어졌다, 내 낭군."

진자강이 무릎을 꿇고 당하란의 부른 배에 귀를 가져다 댔다. 당하란이 진자강의 머리를 양손으로 안았다. 당하란이 또륵 눈물을 흘렸다.

"그거 알아? 당신 열흘도 넘게 그 안에 있었던 거. 매일 무사히 나오길 천지신명께 빌었어."

당하란이 울먹이며 말했다.

진자강은 대답 없이 한참이나 당하란의 배에 귀를 대고 있었다.

그러곤 일어나서 당하란을 가볍게 안아 들고 방으로 걸어 들어갔다.

　　　　　*　　　　*　　　*

　당가대원의 건물들이 가까이 보이는 언덕.

　가장 높은 나무의 가지를 밟고 뒷짐을 진 채 해월 진인이 당가를 내려다보고 있었다.

　당가대원은 진법에 따라 지어져 인근에서는 아무리 높은 곳을 올라도 안쪽이 보이지 않는다. 해월진인이 있는 자리에서도 당가대원의 내원은 조금도 들여다보이지 않았다.

　하지만 최고 고수가 펼치는 극대의 기파는 감출 수 없다.

　해월진인은 방금 그 기파를 느꼈다. 새롭고도 익숙한 기파. 그리고, 반대로 염왕 당청의 기파는 느껴지지 않는다.

　해월 진인이 끌끌거리며 혀를 찼다.

　"결국 염왕이 쓰러졌구나. 그리고 염왕보다 더 지독한 놈이 당가에 똬리를 틀어 버렸어."

　혼잣말을 하는 해월 진인의 표정이 우울해졌다.

　"이건 네가 염왕의 손에 죽는 것보다도 더 안 좋은 상황이지 않으냐."

　해월 진인은 진자강도 예측했던 것처럼 염왕 당청과 아귀왕이 모종의 관계가 있다는 걸 확신하고 있었다. 아귀왕으로 향하는 수많은 정보의 갈래 중에 최근 가장 굵은 줄기가 당청에 이르고 있었다.

당청의 대업과 아귀왕의 잇속이 어떤 식으로든 맞아 들었다는 뜻인 것이다.

하여 해월 진인은 당청의 대업이 성공하기를 바랐다. 정파의 모든 힘을 규합해 당가와 싸우도록 만들 계획이었다.

그러면 필히 당가의 뒤에 숨겨져 있는 힘의 정체가 드러날 거라 생각했다.

하지만 진자강이 당청을 쓰러뜨리고 당가를 접수함으로써 앞으로의 일을 전혀 예측할 수 없게 되어 버렸다.

심지어 당청이 꾸미던 대업의 향방조차 미궁 속으로 빠져 버린 것이다.

해월 진인은 깊게 한탄했다.

"내게는 강호가 소중하다. 누구보다 강호를 아낀다. 하지만 이제 나는 내가 아끼는 강호를 위해서…… 오히려 강호에 지독한 짓을 할 수밖에 없는 입장이 되고 말았다."

한동안 고개를 떨구고 있던 해월 진인이 어느 순간 발을 굴렀다.

훅…….

한 줄기 바람과 함께 해월 진인은 사라지고 해월 진인이 서 있던 나뭇가지만이 흔들릴 따름이었다.

심학이 헐레벌떡 집무실로 뛰어 들어왔다.

"도도도도, 도독왕이, 아니, 여, 여여여여, 염왕이!"

백리중과 망료가 함께 있다가 심학을 쳐다보았다. 망료
가 한심하다는 듯이 심학에게 말했다.

"심 군사, 차 한잔하고 진정 좀 하시구려. 당최 무슨 말
을 하는지 알아들을 수가 없잖소이까."

심학은 망료가 건네준 찻잔을 받아 한입에 털어 넣었다
가 뿜어냈다.

"푸우우웁! 뜨, 뜨, 뜨거!"

망료가 껄껄 웃었다.

"이제 좀 정신이 드시오?"

심학은 입천장과 목을 다 데어 쓰라릴 텐데도 아픈 줄 몰
랐다.

"다다다다, 당이…… 사사, 사천에서……!"

그만큼 충격적인 일이라는 뜻이다.

백리중의 눈이 빛났다. 날카로운 기운이 싹! 하고 심학의
유건(儒巾) 끄트머리를 자르고 지나갔다.

팔랑…… 유건의 잘린 조각이 나풀거렸다.

심학이 눈을 끔벅였다. 그제야 좀 정신이 든 모양이었다.

얼빠진 얼굴로 백리중과 망료를 바라보던 심학이 말했다.

"염왕이…… 실각했습니다."

왜 심학이 그토록 놀랐는지, 백리중과 망료도 그제야 이해했다.

놀랄 수밖에 없는 일이었다.

천하의 염왕이?

백리중의 표정이 다소 심각해졌다.

"석금강을 시체로 돌려보낸 지 얼마 되지 않았는데…… 그게 무슨 소린가? 염왕이 누구에게 당했다는 것이지?"

"독룡입니다……. 독룡이 염왕을 무너뜨렸다고 합니다……."

독룡!

망료의 눈이 휘둥그레졌다.

망료는 입을 벌리고 말을 하지 못하였다.

멍하게 천장을 쳐다보았다.

진자강이…… 드디어 사천 당가를 접수했다!

몇 년 전만 해도, 아니 진자강이 갱도에 갇혀 있을 때만 해도 이런 건 상상도 할 수 없던 일이었다.

진자강이 운남 독문을 모조리 해치웠을 때에도 마찬가지였다. 그때도 진자강은 한참 어리고 약했다. 가진 거라고는 절룩대는 발과 독이 듣지 않는 몸, 그리고 약간의 무공뿐이었다.

그런데…….

강호를 움직이는 일사이불삼도이왕, 그중 당당히 일왕을 차지하고 있는 염왕을 잡고 올라섰다는 것이다.

더욱이 망료는 진자강이 그렇게까지 할 수 있었던 원동력이 무엇인지 안다.

복수.

그렇기에 더욱 의미 있고 뿌듯할 수밖에 없었다.

진자강이 갱도에서 나오기 직전까지 자신이 깔아 둔 것들이 지금의 진자강을 있게 한 밑거름이 되었으니까.

그리고 마침내.

진자강은 원하던 모든 것을, 아니 모든 것은 아니지만 대부분의 것을 갖춘 남자가 되었다.

강한 무력, 처와 아이, 배경이 될 가문까지.

많은 것을 얻었다.

망료가 얼마나 이 순간을 기다렸는지, 진자강은 알지 못할 것이다.

잠시 침묵이 자리 잡았다.

백리중이 힐끗 망료를 보다가 심학에게 물었다.

"그 독룡이…… 내가 아는 독룡이 맞는가."

"맞습니다. 진가 놈. 그놈입니다. 염왕이 그 진가 놈에게 심하게 당해 주화입마까지 얻어 자리에 누웠다고 합니다."

백리중의 눈썹이 꿈틀댔다.

아직도 기억한다.

백화절곡을 지독문에 넘길 때, 자신을 똑바로 쳐다보던 왜소한 진가 아이.

그 진가 아이가 자라서 독룡이 되었고, 천하의 염왕을 먹어치웠다…….

그리고 독룡의 칼끝이 머잖아 어디로 향할 것인가.

심학은 충격을 받아서 떨리는 손으로 차를 따라 마셨다가 뿜어냈다.

"으악, 쓰, 쓰라려!"

아까 데어서 입안이 전부 까져 있었다.

심학은 울상이 되어 물었다.

"그럼 이제 우리는 어쩌지요? 염왕과 손을 잡고 벌이기로 한 일들은 다 어떻게 되는 겁니까요?"

"흠."

백리중이 고뇌에 빠지자 심학이 좀 억울한 투로 망료에게 따졌다.

"이게 다 염왕과 손을 잡으라고 권한 망 고문 때문이잖소! 괜히 일만 복잡해져서는……! 도대체 어떻게 책임질 거요!"

그제야 정신을 차린 망료가 고개를 흔들곤 대답했다.

"아아, 그건 계속 진행해야지. 우리가 딱히 손해 볼 것도 없는 일인데."

"그러니까 그게⋯⋯! ⋯⋯어?"

심학이 갑자기 생뚱맞은 표정을 지었다.

그러더니 망료에게 설설 다가가서 얼굴을 빤히 쳐다보았다.

"심 군사, 왜 그러시는가?"

심학이 어이가 없는 말투로 물었다.

"지금⋯⋯ 우오?"

"으응?"

"지금 우는 거요?"

심학이 놀라서 눈을 동그랗게 떴다.

망료는 자신의 멀쩡한 오른쪽 눈 밑을 매만졌다.

축축했다.

"흐음?"

주르륵.

또다시 눈물이 흘렀다.

그건 전혀 망료가 의도하던 바가 아니었다. 왜 자신이 눈물을 흘리는지도 몰랐다.

진자강이 갱도에서 있던 긴 시간을 잠시 떠올렸을 뿐이다.

진자강에게도 지옥과 같은 시간이었겠지만 그건 망료도 마찬가지였다. 진자강이 갱도에서 복수를 다짐했던 것처럼 망료 역시 끊임없이 복수를 되새겼다.

진자강의 복수는 백화절곡과 약문을 그렇게 만든 자들을 죽이는 것이었고.

망료의 복수는 아무것도 없는 진자강에게 최대한 많은 것을 가질 수 있도록 만들어 주려는 것이었다.

지독문에서 이룬 망료의 모든 것을 잃게 만든 건 진자강이었다. 그러나 모순적이게도 지금의 망료는 그때보다도 더 많은 것을 얻었다.

그렇다고 해도 망료는 아무것도 느끼지 못하고 있었다.

한번 잃었기에, 다시 얻었어도 채워지지 않았다.

그 마음을.

끝없는 무저갱의 나락으로 떨어져 다시 일어설 수 없는 절망을.

손에 쥐고 있던 황금이 한순간에 모래로 화해서 손가락 사이로 빠져나간 뒤의 허무함을.

다시 잃을까 두려워서일까.

아무리 후배들의 존경을 받고 명성이 높아졌으며 무공이 강해졌어도, 망료는 그에 대한 보람을 전혀 느낄 수 없었다.

그래서 더 억울했다.

진자강도 자신과 똑같이 느끼도록 해 주어야 한다.

모든 것을 가진 후에 잃고 나서 추락한 뒤의 기분을!

때문에 여기까지 오게 된 것이 아닌가!

으드드득!

망료는 이를 갈았다.

생각하면 할수록 분노가 치밀었다.

"얼레?"

심학이 움찔하며 뒤로 물러났다.

망료는 물러난 심학을 보며 씨익 하고 살기 어린 미소를 지어 보였다.

심학이 떨떠름하게 얼굴을 피했다.

한편으로 망료는 이제 자신의 복수가 머지않았다는 사실에 아주 큰 감회가 찾아왔다.

"껄껄껄껄!"

망료가 크게 웃어 버렸다.

심학은 어처구니가 없는 표정으로 망료를 쳐다보았다.

"미쳤소?"

울었다가 이를 갈며 화를 냈다가 웃으니, 누구라도 그렇게 생각할 수밖에 없을 터였다.

하지만 망료는 계속해서 웃었다.

"껄껄껄! 껄껄껄!"

광기 어린 망료의 웃음소리가 백리중의 집무실 안을 가득 울렸다.

망료도 느낄 수 있었다.

이제 끝이 보인다.

고통스러웠던 긴 인내의 시간이.

*   *   *

장마가 끝나고, 찌는 듯한 더위가 찾아왔다.

다음 수순으로 으레 역병이 돌았다.

홍수가 난 뒤에는 늘 찾아오는 역병이었다.

다만 올해에는 유독 역병이 심하게 돌았다. 부패한 관리들에 의해 치수 사업이 엉망이 된 데다, 전년도에 눈이 크게 쌓여 홍수의 피해가 매우 컸다.

사람들이 죽어 가고 곳곳에서 멍석에 만 시체를 태우는 광경이 목도되었다.

끊임없이 타는 연기가 곳곳에서 피어올랐다.

역병은 쉽사리 잡히지 않았다.

치수 사업도 엉망으로 한 관리들이 백성들의 구제라고 제대로 할 리 없었다.

나라에서 보낸 구휼미와 약재는 도중에 태반이 사라지고, 필요한 곳에 도착했을 때엔 모래와 돌이 섞여 사람이 먹지 못할 것이 되어 있었다.

먹을 것과 약재. 그 두 가지는 역병이 도는 지금에 가장 필요한 것이었다.

〈다음 권에 계속〉

마법군주』 발렌 작가의 신작!

『정령의 펜던트』

"정령사는 말이지, 되고 싶다고 해서 되는 게 아니야.
그냥 그렇게 태어나는 거지.
날 때부터 정해진 운명 같은 거라고."

★
dream
books
드림북스

전생자

『죽지 않는 무림지존』『천지를 먹다』『마검왕』
베스트셀러 작가 나민채의 신작!

[시간 역행을 하시겠습니까?]
[모든 능력이 리셋 됩니다.]
[날짜를 선택 하여 주십시오.]

" 1985년 2월 28일. 내가 태어났던 날로. "

dream
books
드림북스

『제왕록』, 『무림에 가다』 시리즈의 작가 박정수
그가 거침없는 현대 판타지로 돌아왔다!

『신화의 전장』

주먹을 믿지 마라.
우리가 살아가는 이 땅에 인간을 벗어난 자들이 존재한다.

dream
books
드림북스